Cantigas
TROVADORESCAS

Produção editorial	obá editorial
Projeto gráfico	Naiara Raggiotti
Bagagem de informações	Rogério Cantelli e Tatiane Godoy
Consultoria e revisão técnica	Annie Gisele Fernandes
Ilustrações	Kris Barz
Diagramação	Liris Tribuzzi e Rogério Cantelli
Preparação de texto	Pedro Carvalho e Tatiane Godoy
Revisão	Carolina Aidinis, Luiza Thebas e Débora Teodoro
Capa	Ricardo Paschoalato

Obra conforme o Acordo Ortográfico
da Língua Portuguesa

Editora Melhoramentos

Cantigas trovadorescas / [ilustrações de Kris Barz]. São Paulo: Editora Melhoramentos, 2014. (Clássicos Melhoramentos – versão escolar)

ISBN 978-85-06-07070-3

1. Literatura Portuguesa - Trovadorismo. I. Barz, Kris. II. Série.

13/237 CDD 869P

Índices para catálogo sistemático:
1. Literatura portuguesa 869P
2. Trovadorismo – Literatura portuguesa 869.1P
3. Cantigas de Amigo – Literatura portuguesa 869.1P
4. Cantigas de Amor – Literatura portuguesa 869.1P
5. Cantigas de Escárnio – Literatura portuguesa 869.1P
6. Cantigas de Maldizer – Literatura portuguesa 869.1P

1.ª edição, julho de 2014
ISBN: 978-85-06-07070-3

Atendimento ao consumidor:
Caixa Postal 11541 – CEP 05049-970
São Paulo – SP – Brasil
Tel.: (11) 3874-0880
www.editoramelhoramentos.com.br
sac@melhoramentos.com.br

Impresso no Brasil

Cantigas
TROVADORESCAS

MELHORAMENTOS

Prefácio 6

Cantigas de Amigo 9

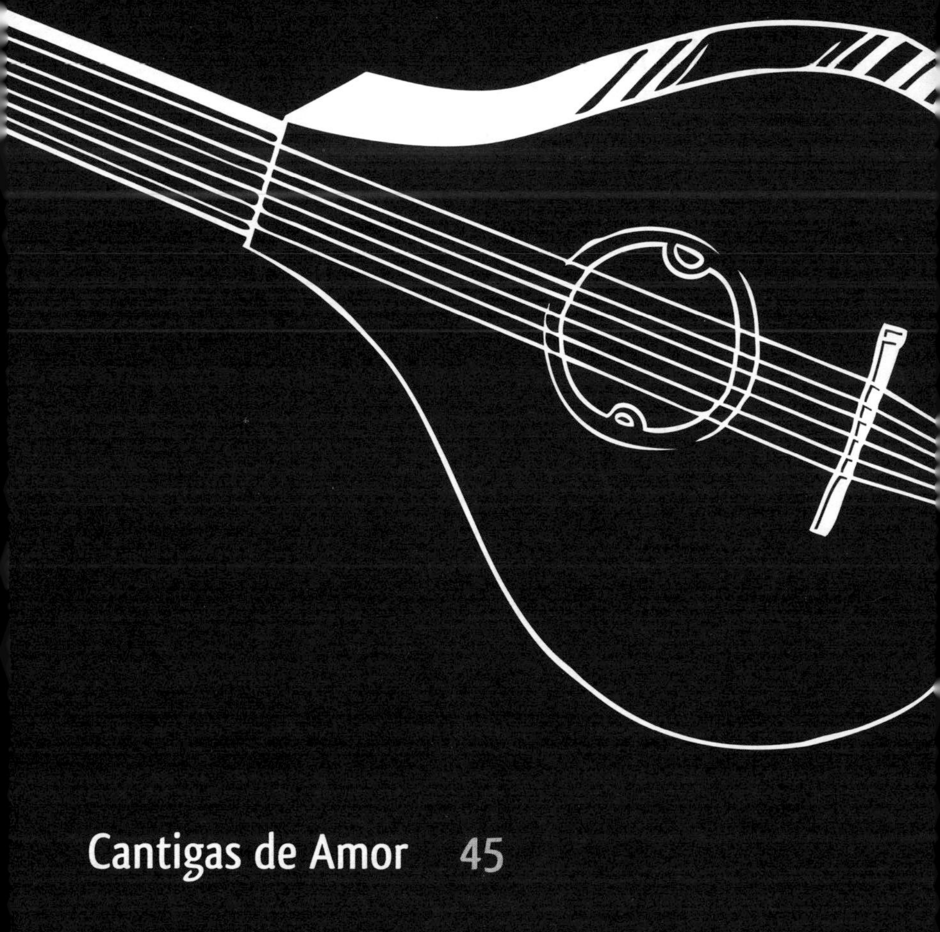

Cantigas de Amor 45

Cantigas de Escárnio e Maldizer 87

Prefácio

Proençaes soem mui bem trobar
e dizem eles que é com amor;
mais os que trobam no tempo da flor
e nom em outro, sei eu bem que nom
ham tam gram coita no seu coraçom
*qual m'eu por mia senhor vejo levar.**

Nessa cantiga de amor, D. Dinis mostra que a Provença era um importante centro irradiador da lírica provençal – poesia que se singulariza por ter como tema a figura feminina tratada de modo cortês. O Rei Trovador, porém, não torna a lírica provençal equiparável à lírica amorosa portuguesa: apesar do diálogo com inúmeras culturas, a lírica medieval galego-portuguesa tem características próprias e posiciona-se de forma crítica em relação a essas influências.

Convém observar, por exemplo, que, quando a lírica provençal chegou a Portugal, já existia na região um tipo de criação poética extremamente popular, de estrutura oral, com versos emparelhados e refrão. Delas derivam as cantigas de amigo, que, apesar de produzidas na corte e por trovadores homens, refletem o ponto de vista feminino sobre o amor e sobre a pessoa amada. Nas cantigas de amigo há um ideal de vida menos elevado, que aborda as circunstâncias do cotidiano.

---

* LOPES, Graça Videira; FERREIRA, Manuel Pedro *et al.* (2011). Cantigas Medievais Galego Portuguesas [base de dados on-line]. Lisboa: Instituto de Estudos Medievais, FCSH/NOVA. [Consulta em setembro de 2013] Disponível em: <http://cantigas.fcsh.unl.pt>. Todas as cantigas presentes neste livro têm essa base de dados como fonte de consulta e estabelecimento de texto original.

As cantigas de escárnio e de maldizer, que correspondem a quase trinta por cento das cantigas conhecidas do Trovadorismo galego-português, também apresentam suas particularidades. O que se vê nelas é a intenção de *dizer mal* de alguém (de "bem dizer mal", como consta na *Arte de trovar*, tratado incluído no Cancioneiro da Biblioteca Nacional de Portugal). As cantigas de escárnio são mais sutis e fazem críticas veladas. Mais amplos e variados que as produções de escárnio de outras cortes, os temas das cantigas de escárnio normalmente aludem aos comportamentos pessoais, políticos, religiosos etc. da conjuntura cortesã. Já as cantigas de maldizer se valem de críticas diretas e, por vezes, grosseiras, com a intenção de provocar o riso no interlocutor e de "expor alguém ao ridículo". Por esse motivo, na cantiga de maldizer geralmente revela-se o nome da pessoa a quem a crítica se dirige.

Este volume reúne cantigas lírico-amorosas e de escárnio e de maldizer, recolhidas a partir de apurada e cuidadosa seleção. Estão patentes as qualidades dos trovadores portugueses, bem como o rigor estético e a consciência de que se tratava de composições feitas a partir de regras definidas em tratados como a *Arte de trovar*. Acompanhadas de uma criteriosa seleção de vocabulário e de um breve comentário, no qual são evidenciados temas e questões pertinentes a cada um dos gêneros de cantigas medievais, *Cantigas Trovadorescas* reúne o que há de mais elevado na arte de "mui ben trobar".

Annie Gisele Fernandes

Professora doutora de Literatura Portuguesa
da Universidade de São Paulo (USP)

Cantigas de Amigo

Ai eu coitada, como vivo em gram cuidado

Afonso X ou Sancho I

Ai eu coitada, como vivo em gram cuidado
por meu amigo que hei alongado[1];
muito me tarda
o meu amigo na Guarda.

Ai eu coitada, como vivo em gram desejo
por meu amigo que tarda e nom vejo;
muito me tarda
o meu amigo na Guarda.

A autoria desta cantiga é muito discutida: uns dizem ser de D. Sancho I; outros, de Afonso X. Nela, o eu lírico feminino sofre pela ausência de seu amor ("amigo"), que está em guarda. Esse local pode ser visto como a cidade situada na região central de Portugal ou ainda como um posto de vigilância.

1. **alongado: distante, afastado.**

Quando meu amigo souber

Rui Queimado

Quando meu amigo souber
que m'assanhei[1] por el tardar
tam muito[2], quand'aqui chegar
e que lh'eu falar nom quiser,
    muito terrá[3] que baratou[4]
    mal, porque tam muito tardou.

Nem tem agora el em rem[5]
mui gram sanha[6] que eu del hei;
quando el veer, com'eu serei
sanhuda[7], parecendo bem[8],
    muito terrá que baratou
    mal, porque tam muito tardou.

1. **assanhei: zanguei.**
2. **tam muito: tanto.**
3. **terrá: achará.**
4. **baratou: se comportou.**
5. **Nem tem agora el em rem: não se importa.**
6. **sanha: ira.**
7. **sanhuda: zangada.**
8. **parecendo bem: bonita.**

E quand'el vir os olhos meus
e vir o meu bom semelhar[9]
e o eu nom quiser catar[10]
nem m'ousar el catar dos seus,
    muito terrá que baratou
    mal, porque tam muito tardou.

Quando m'el vir bem parecer,
com'hoj'eu sei que m'el verá,
e da coita[11] que por mim há
nom m'ousar nulha rem[12] dizer,
    muito terrá que baratou
    mal, porque tam muito tardou.

Nesta cantiga, o eu lírico feminino se mostra cansado de esperar seu amigo/namorado, que demora para chegar. Quando o amigo finalmente aparecer, o eu lírico pretende demonstrar irritação e evitar olhar em seus olhos. Dessa maneira, espera-se que o amigo, ao perceber que o eu lírico tão formoso o rejeita, se arrependa de seu comportamento.

9. semelhar: parecer.
10. catar: olhar, ver.
11. coita: sofrimento, mágoa.
12. nulha rem: nada, coisa alguma.

— Ai fremosinha, se bem hajades

Bernal de Bonaval

— Ai fremosinha, se bem hajades[1],
longi de vila, quem asperades[2]?
  — Vim atender[3] meu amigo.

— Ai fremosinha, se gradoedes[4],
longi de vila, quem atendedes?
  — Vim atender meu amigo.

1. **se bem hajades: (*fórmula de cortesia).***
2. **asperades: esperais.**
3. **atender: esperar.**
4. **gradoedes: ficar satisfeito; ser recompensado.**

— Longi de vila, quem asperades?
— Direi-vo-l'eu, pois me preguntades:
vim atender meu amigo.

— Longi de vila, quem atendedes?
— Direi-vo-l'eu, poilo[5] nom sabedes:
vim atender meu amigo.

Esta cantiga é construída em forma de um diálogo entre duas pessoas: uma personagem feminina que espera seu amigo e seu interlocutor, que a questiona sobre essa espera. É de notar que a expressão recorrente "Ai fremosinha" pode ser um galanteio, uma vez que repete a formosura da voz feminina, e que o interlocutor reforça o fato de a amiga estar "longe da vila".

5. **poilo: pois, porque.**

Ai madr,'o que eu quero bem

João Soares Coelho

Ai madr,'o que eu quero bem
nom lh'ous'eu[1] ante vós[2] falar
e há end'[3]el tam gram pesar
que dizem que morre por en[4];
e se assi morrer por mi,
ai madre, perderei eu i[5].

Gram sazom há[6] que me serviu
e nom mi o leixastes[7] veer,
e veerom-mi ora dizer
ca[8] morre porque me nom viu;
e se assi morrer por mi,
ai madre, perderei eu i.

1. **lh'ous'eu: lhe ouso eu.**
2. **ante vós: diante de vós.**
3. **end: disso, daí.**
4. **por en: por isso.**
5. **i: em relação a isso, nisso.**
6. **Gram sazom há: há muito tempo.**
7. **leixastes: deixastes.**
8. **ca: que.**

Se por mi morrer, perda mi é,
e pesar-mi-á, se o nom vir,
pois per al[9] nom pode guarir[10],
bem vos juro, per bõa fé[11]:
    e se assi morrer por mi,
    ai madre, perderei eu i.

O eu lírico feminino apaixonado se vê distante de seu amor e gostaria de confessar seu sofrimento à mãe. Entretanto, diante dela, não ousa falar sobre o assunto. É importante observar aqui o diálogo com as cantigas de amor, pois a voz feminina fala que ouviu dizer que o amado morre por não vê-la.

9. al: mais nada.
10. guarir: salvar-se, viver.
11. per bõa fé: realmente, por Deus (*fórmula de juramento*).

— Ai mia filha, de vós saber quer'eu

João Airas de Santiago

— Ai mia filha, de vós saber quer'eu
porque fezestes quanto vos mandou
voss'amigo, que vos nom ar[1] falou.
— Par Deus, mia madre, direi-vo-lo eu:
  cuid[ava[2]-m]'eu melhor haver per i[3]
  e semelha[4]-mi que nom est[5] assi.

— Por que fezestes, se Deus vos dê bem,
filha, quanto vos el vẽo rogar?
Ca[6] des entom nom vos ar quis falar.
— Direi-vo-l[o] eu, se Deus mi dê bem:
  cuid[ava-m]'eu melhor haver per i
  e semelha-mi que nom est assi.

1. ar: de novo.
2. cuidava: pensava.
3. melhor haver per i: as coisas correram-me melhor dessa forma.
4. semelha: parece.
5. est: é.
6. Ca: pois, porque.

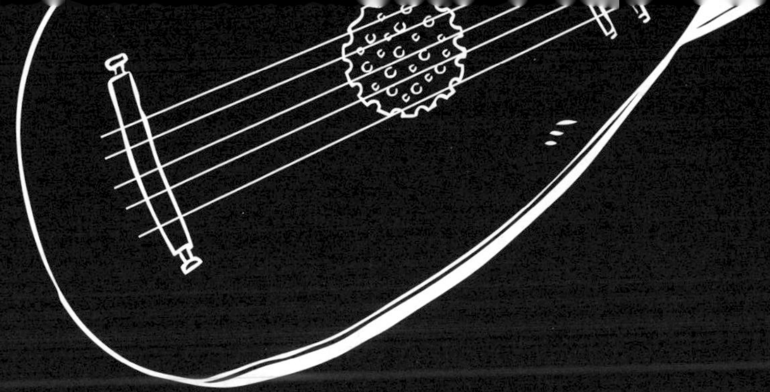

— Por que fezestes, se Deus vos perdom,
filha, quanto vos el vẽo dizer?
Ca des entom nom vos ar quis veer.
— Direi-vo-l[o] eu, se Deus mi perdom:
    cuid[ava-m]'eu melhor haver per i
    e semelha-mi que nom est assi.

[E] bom dia naceu, com'eu oí[7],
que[m] se doutro castiga[8] e nom de si.

Esta cantiga apresenta um diálogo entre mãe e filha. Não há certeza sobre a qual delas pertence a voz dos dois versos finais; no entanto, de acordo com o contexto da cantiga, é possível inferir que esses versos são da filha, que diz sobre a mãe, com ironia: "em bom dia nasceu quem sabe criticar os outros e não a si mesmo" (tradução livre).

7. oí: ouvi.
8. castiga: corrige.

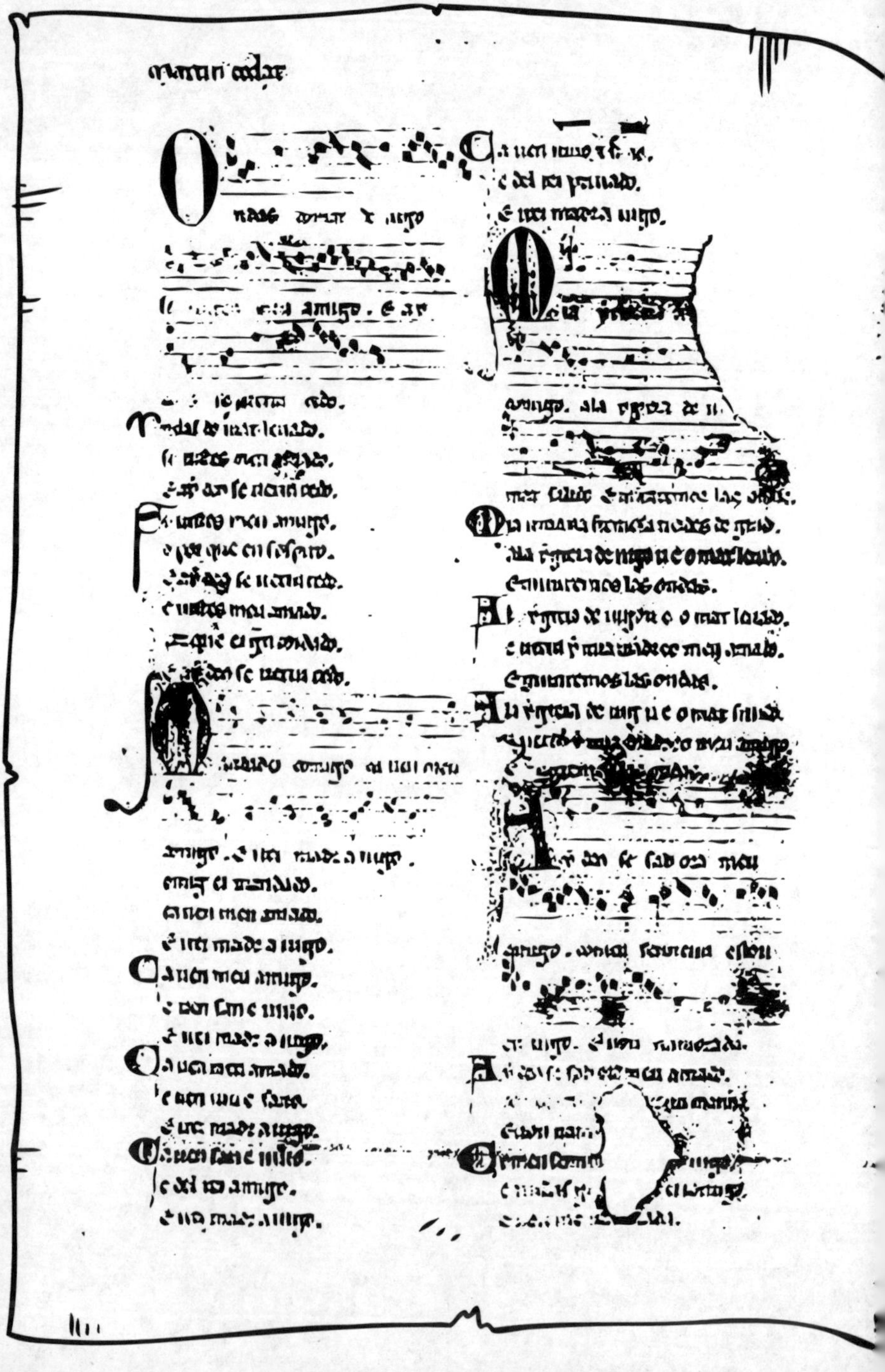
martin codax

Ai meu amigo e meu senhor

Pero Gonçalves de Portocarreiro

Ai meu amigo e meu senhor
e lume[1] destes olhos meus,
por que nom quer agora Deus
que vós hajades tal sabor[2]
de viver mig'[3], [amigo,]
qual eu houv'i,
des que vos vi,
de viver vosc'[4], amigo?

E terria por gram razom[5],
pois que vos eu tal amor hei,
d'haverdes hoje, qual eu hei,
coita[6] no vosso coraçom
de viver mig', [amigo,]
qual eu houv'i,
des que vos vi,
de viver vosc', amigo.

1. lume: luz.
2. sabor: prazer.
3. mig' (migo): comigo.
4. vosc' (vosco): convosco.
5. terria por gram razom: acharia razoável.
6. coita: ânsia.

Ah, que[m] me aquesta[7] coita deu
por vós, se foi Deus que mi [o] fez,
Ele me guise[8] algũa vez
que tal coita vos veja eu
    de viver mig', [amigo,]
    qual eu houv'i,
    des que vos vi,
    de viver vosc', amigo.

Nesta cantiga, o eu lírico feminino se mostra ansioso para viver ao lado de seu amigo, "lume" de seus olhos. Nela, há ainda empregos típicos das cantigas de amor, como o termo "meu senhor" – que aparece no título e no primeiro verso –, além do vocábulo "coita" e do questionamento se foi Deus quem a teria feito.

7. **aquesta: esta.**
8. **guise: conseguiu, arranjou maneira.**

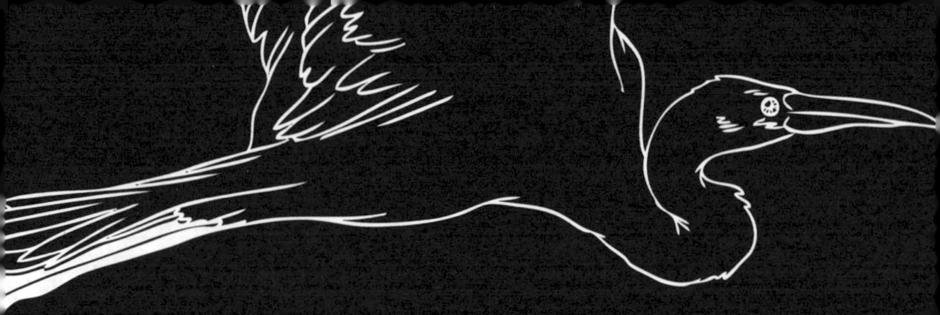

Ai vertudes de Santa Cecília

Martim de Ginzo

Ai vertudes de Santa Cecília,
que sanhudo[1] que se foi um dia
o meu amigo; e tem-se por morto
e, se s'assanha[2], nom faz i torto[3]
o meu amigo, e tem-se por morto.

Ai vertudes de santa ermida[4],
com gram pesar fez aquesta[5] ida
o meu amigo; e tem-se por morto
e, se s'assanha, nom faz i torto
o meu amigo, e tem-se por morto.

Nesta cantiga, o eu lírico feminino sofre com a partida do amigo e clama ao poder de fazer milagres de Santa Cecília ("Ai vertudes de Santa Cecília") para interceder por seu amigo, que partiu e pode ter sido morto.

1. **sanhudo: zangado.**
2. **s'assanha: zanga-se.**
3. **faz i torto: faz mal.**
4. **ermida: capela.**
5. **aquesta: esta.**

Ai Deus, que doo que eu de mi hei

Pero de Ver

Ai Deus, que doo[1] que eu de mi hei,
porque se foi meu amig'e fiquei
pequena[2] e del namorada.

Quando s'el houve de Julham[3] a ir,
fiquei, fremosa, por vos nom mentir,
pequena e del namorada.

Ali houv'eu de mia morte pavor,
u[4] eu fiquei, mui coitada pastor,
pequena e del namorada.

Após a partida de seu amigo, o eu lírico feminino se vê totalmente abandonado. A paixão, porém, ainda resiste a esse abandono. Nessa cantiga, temos ainda o tema da romaria (peregrinação religiosa), comum nesse tipo de texto poético.

1. **doo: dó.**
2. **pequena: nova.**
3. **Julham: capela de São Julião.**
4. **u: quando.**

Bailemos nós já todas três, ai amigas

Airas Nunes

Bailemos nós já todas três, ai amigas,
sô[1] aquestas[2] avelaneiras frolidas,
e quem for velida[3], como nós, velidas,
    se amigo amar,
sô aquestas avelaneiras frolidas
    verrá bailar.

Bailemos nós já todas três, ai irmanas,
sô aqueste ramo destas avelanas,
e quem for louçana[4], como nós, louçanas,
    se amigo amar
sô aqueste ramo destas avelanas
    verrá bailar.

1. sô: sob, debaixo.
2. aquestas: estas.
3. velida: formosa.
4. louçana: bonita.

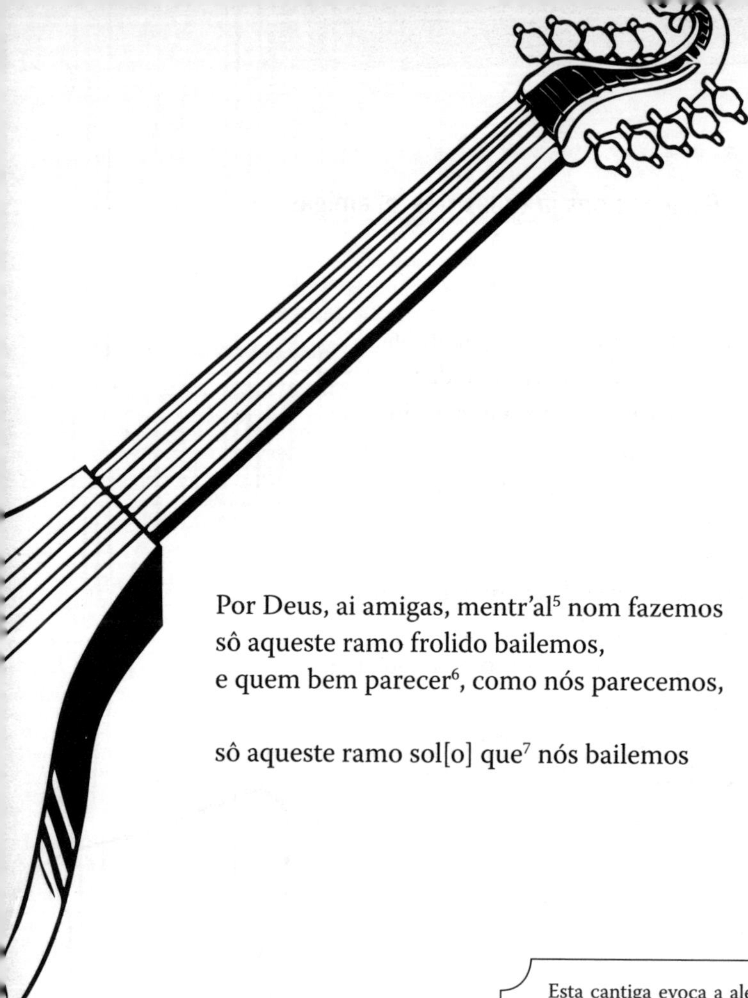

Por Deus, ai amigas, mentr'al[5] nom fazemos
sô aqueste ramo frolido bailemos,
e quem bem parecer[6], como nós parecemos,

sô aqueste ramo sol[o] que[7] nós bailemos

> Esta cantiga evoca a alegria e a festa. Nela, três amigas formosas, em meio a ramos de avelaneiras, dançam e se divertem, convidando "quem bem parecer" a juntar-se a elas. E, "se amigo amar", ele também vai bailar com elas.

5. **mentr'al (mentre al): enquanto outra coisa.**
6. **quem bem parecer: quem for bela.**
7. **sol[o] que: assim que.**

Levad', amigo, que dormides as manhanas frias

Nuno Fernandes Torneol

Levad'[1], amigo, que dormides as manhanas frias
tôdalas[2] aves do mundo d'amor dizia[m]:
leda[3] m'and'eu.

Levàd', amigo, que dormide'las frias manhanas
tôdalas aves do mundo d'amor cantavam:
leda m'and'eu.

Tôdalas aves do mundo d'amor diziam,
do meu amor e do voss[o] em ment'haviam[4]:
leda m'and'eu.

Tôdalas aves do mundo d'amor cantavam,
do meu amor e do voss[o] i[5] enmentavam[6]:
leda m'and'eu.

Do meu amor e do voss[o] em ment'haviam;
vós lhi tolhestes os ramos en que siíam[7]:
leda m'and'eu.

1. **Levad' (levade): Levantai.**
2. **tôdalas: todas.**
3. **leda: contente.**
4. **em ment'haviam: traziam na mente, referiam-se.**
5. **i: aí, nos cantos.**
6. **enmentavan:** *mesmo que* **"em ment'haviam".**
7. **siíam: pousavam.**

Do meu amor e do voss[o] i enmentavam
vós lhi tolhestes os ramos en que pousavam:
    leda m'and'eu.

Vós lhi tolhestes os ramos en que siíam
e lhis secastes as fontes en que beviam;
    leda m'and'eu.

Vós lhi tolhestes os ramos em que pousavam
e lhis secastes as fontes u[8] se banhavam;
    leda m'and'eu.

Em um cenário de natureza exuberante, as "aves do mundo d'amor" cantam a alegria do eu lírico feminino. O motivo da alegria está expresso nas duas primeiras estrofes: a noite de amor/a noite dormida com o namorado. Mas todos os verbos estão no passado, e a ausência do amigo é indicada nas estrofes finais (daí o "tolher os ramos" e o "secar as fontes").

8. u: onde, quando.

— Ai flores, ai flores do verde pino

D. Dinis

— Ai flores, ai flores do verde pino[1],
se sabedes novas do meu amigo?
Ai Deus, e u[2] é?

Ai flores, ai flores do verde ramo,
se sabedes novas do meu amado?
Ai Deus, e u é?

Se sabedes novas do meu amigo,
aquel que mentiu do que pôs conmigo?
Ai Deus, e u é?

Se sabedes novas do meu amado,
aquel que mentiu do que mi há jurado?
Ai Deus, e u é?

— Vós me preguntades pelo voss'amigo
e eu bem vos digo que é san'e vivo[3].
Ai Deus, e u é?

Vós me preguntades polo voss'amado
E eu bem vos digo que é viv'e sano.
Ai Deus, e u é?

1. pino: pinheiro.
2. u: onde.
3. san'e vivo: são e vivo.

— E eu bem vos digo que é san'e vivo
e será vosco ant'o prazo saído[4].
Ai Deus, e u é?

— E eu bem vos digo que é viv'e sano
e será vosc[o] ant'o prazo passado.
Ai Deus, e u é?

A voz feminina pergunta às flores do pinheiro se elas sabem onde está seu amigo. Elas respondem que ela pode ficar tranquila, pois ele está vivo e que assim que acabar o serviço militar estará ao lado dela.

4. será vosco ant'o prazo saído: e estará convosco quando terminar o prazo do serviço militar.

Amiga, muit'há gram sazom

D. Dinis

Amiga, muit'há gram sazom[1]
que se foi daqui com el-rei
meu amigo, mais já cuidei
mil vezes no meu coraçom
    que algur[2] morreu com pesar,
    pois nom tornou migo[3] falar.

Por que tarda tam muito lá
e nunca me tornou veer,
amiga, si veja prazer[4],
mais de mil vezes cuidei já
    que algur morreu con pesar,
    pois non tornou migo falar.

Amiga, o coraçom[5] seu
era de tornar ced'aqui
u visse os meus olhos em mim,
e por en mil vezes cuid'eu
    que algur morreu com pesar,
    pois nom tornou migo falar.

1. muit'há gram sazom: há algum tempo.
2. algur: algum lugar.
3. migo: comigo.
4. si veja prazer: se encontra satisfação.
5. coraçom: desejo.

A cantiga mostra um cavaleiro que partiu com el-rei e deixou o eu lírico feminino abandonado e sofrendo com sua ausência.

Oí hoj'eu ũa pastor cantar

Airas Nunes

Oí hoj'eu ũa pastor cantar
u[1] cavalgava per ũa ribeira,
e a pastor estava senlheira[2]
e ascondi-me pola[3] ascuitar[4];
e dizia mui bem este cantar:
"Sô[5] lo ramo verd'e frolido
vodas[6] fazem a meu amigo,
e choram olhos d'amor".

1. u: enquanto, quando.
2. senlheira: sozinha.
3. pola: para a.
4. ascuitar: escutar.
5. Sô: sob.
6. vodas: festas.

E a pastor parecia mui bem,
e chorava e estava cantando,
e eu mui passo[7] fui-mi achegando
pola oír[8] e sol[9] nom falei rem[10];
e dizia este cantar mui bem:
"Ai estorninho[11] do avelanedo[12],
cantades vós e moir'eu e pen'
e d'amores hei mal".

E eu oí-a sospirar entom,
e queixava-se estando com amores,
e fazi'[ũ]a guirlanda de flores,
des i[13] chorava mui de coraçom[14]
e dizia este cantar entom:
"Que coita[15] hei tam grande de sofrer:
amar amig'e non'ousar veer!
E pousarei sô lo avelanal".

7. passo: devagar.
8. oír: ouvir.
9. sol: nem sequer.
10. rem: nada.
11. estorninho: pássaro pequeno.
12. avelanedo: plantação de aveleiras.
13. des i: enquanto isso.
14. de coraçom: do fundo do coração.
15. coita: sofrimento.

Pois que[16] a guirlanda fez a pastor,
foi-se cantando, indo s'en manselinho[17],
e tornei-m'eu logo a meu caminho,
ca de a nojar nom houve sabor[18];
e dizia este cantar bem a pastor:
"Pela ribeira do rio
cantando ia la virgo[19]
d'amor:
'quem amores há[20]
como dormirá,
ai bela frol?'"

16. Pois que: depois que.
17. en manselinho: de mansinho, devagar.
18. ca de a nojar nom houve sabor: pois não tive vontade de aborrecê-la.
19. virgo: virgem, donzela.
20. há: tem.

[Levou-s'aa alva], levou-s'a velida

Pero Meogo

[Levou-s'[1]aa alva], levou-s'a velida[2],
vai lavar cabelos na fontana[3] fria;
    leda[4] dos amores, dos amores leda.

[Levou-s'aa alva], levou-s'a louçana[5],
vai lavar cabelos na fria fontana;
    leda dos amores, dos amores leda.

Vai lavar cabelos na fontana fria,
passou seu amigo, que lhi bem queria;
    leda dos amores, dos amores leda.

1. **Levou-s' (levou-se): levantou-se.**
2. **velida: formosa.**
3. **fontana: fonte.**
4. **leda: alegria.**
5. **louçana: formosa.**

Vai lavar cabelos na fria fontana,
passa seu amigo, que [a] muit'a[ma]va;
    leda dos amores, dos amores leda.

Passa seu amigo, que lhi bem queria,
o cervo do monte a áugua[6] volvia;
    leda dos amores, dos amores leda.

Passa seu amigo que a muit'amava,
o cervo do monte volvia [a] áugua;
    leda dos amores, dos amores leda.

Esta cantiga é narrada em um ambiente bucólico, em que a "louçana" levanta-se para ir à fonte e, enquanto lava seus cabelos na água fria, é surpreendida por seu amigo.

6. **áugua: água.**

Ondas do mar de Vigo

Martim Codax

Ondas do mar de Vigo,
se vistes meu amigo?
e ai Deus, se verrá[1] cedo?

Ondas do mar levado[2],
se vistes meu amado?
e ai Deus, se verrá cedo?

Se vistes meu amigo,
o por que eu sospiro?
e ai Deus, se verrá cedo?

Se vistes meu amado,
o por que hei gram coidado?
e ai Deus, se verrá cedo?

Nesta cantiga, o eu lírico feminino mostra-se ansioso pelo retorno de seu amado e pergunta às ondas do mar de Vigo quando ele retornará. É interessante notar ainda que o ritmo da cantiga quer reproduzir o vaivém das ondas do mar.

1. **verrá: virá.**
2. **levado: encapelado, cheio de ondas.**

Cantigas de Amor

No mundo nom me sei parelha

Paio Soares de Taveirós

No mundo nom me sei parelha[1]
mentre[2] me for como me vai,
ca[3] já moiro por vós e ai,
mia senhor[4] branca e vermelha!
queredes que vos retraia[5]
quando vos eu vi em saia[6]?
Mao dia me levantei
que vos entom nom vi fea!

1. **nom me sei parelha: não conheço ninguém como eu.**
2. **mentre: enquanto.**
3. **ca: pois, porque.**
4. **senhor: namorada, amada.**
5. **retraia: denuncie.**
6. **em saia: sem manto.**

E, mia senhor, des aquelha
me foi a mi mui mal di'[7], ai!
E vós, filha de dom Paai
Moniz, e bem vos semelha[8]
d'haver eu por vós garvaia[9]:
pois eu, mia senhor, d'alfaia[10]
nunca de vós houve nem hei
valia d'ũa correa[11].

Nesta cantiga, o eu lírico relata o dia em que surpreendeu uma dama, de pele branca e rosada, vestida com trajes mais informais, "em saia". Ele rompe, ainda, outra regra de mesura ao revelar à filha de quem é a mulher "cantada".

7. **des aquelha me foi a mi mui mal di': desde aquele momento/ passei muito maus dias.**
8. **semelha: parece.**
9. **garvaia: capa, manto luxuoso.**
10. **alfaia:** *objeto utilizado como enfeite.*
11. **correa: coisa sem valor.**

Um tal home sei eu, ai bem talhada

D. Dinis

Um tal home sei eu, ai bem talhada[1],
que por vós ten'a sa morte chegada[2];
veedes quem é, seed'en nembrada[3]:
eu, mia dona.

Um tal home sei [eu] que preto[4] sente
de si [a] morte [chegada] certamente;
veedes quem é, venha-vos em mente:
eu, mia dona.

Um tal home sei [eu], aquest'oíde[5],
que por vós morre, vó'lo [en] partide[6];
veedes quem é, nom xe[7] vos obride[8]:
eu, mia dona.

Apaixonado, o trovador diz pressentir a morte e pede então que a amada, "sua dona", impeça que ele morra de amor.

1. **bem talhada: elegante, de belas formas.**
2. **que por vós ten'a sa morte chegada: que por vós tem a morte próxima.**
3. **seed'en nembrada: lembrai-vos disso.**
4. **preto: perto.**
5. **aquest'oíde: isto ouvi.**
6. **vó'lo [en] partide: evitai-lhe isso.**
7. **xe: se.**
8. **obride: esqueceis.**

Em gram coita, senhor

D. Dinis

Em gram coita[1], senhor
que peior[2] que mort'é,
vivo, per bõa fé[3];
e polo voss'amor
    esta coita sofr'eu
    por vós, senhor, que eu

vi polo meu gram mal;
e melhor mi será
de moirer por vós já;
e pois me Deus nom val,
    esta coita sofr'eu
    por vós, senhor, que eu

1. **coita: mágoa, sofrimento.**
2. **peior: pior.**
3. **per bõa fé: realmente, por Deus (*fórmula de juramento*).**

polo meu gram mal vi;
e mais mi val morrer
ca[4] tal coita sofrer;
pois por meu mal assi
    esta coita sofr'eu
    por vós, senhor, que eu

vi por gram mal de mi,
pois tam coitad'and'eu[5].

> Para o trovador, viver é pior do que morrer, em razão do grande sofrimento em que vive por sua amada, que não corresponde ao seu amor.

4. ca: do que.
5. coitad'and'eu (coitado ando eu): infeliz ando eu.

Ai senhor fremosa! por Deus

D. Dinis

Ai senhor fremosa! por Deus
e por quam boa vos El fez,
doede-vos[1] algũa vez
de mim e destes olhos meus
    que vos virom por mal de si,
    quando vos virom, e por mi.

E porque vos fez Deus melhor
de quantas fez e mais valer,
querede-vos de mim doer
e destes meus olhos, senhor,
    que vos virom por mal de si,
    quando vos virom, e por mi.

1. doede-vos: tenha compaixão.

E porque o al nom é rem[2],
senom o bem que vos Deus deu,
querede-vos doer do meu
mal e dos meus olhos, meu bem,
 que vos virom por mal de si,
 quando vos virom, e por mi.

Nesta cantiga, o eu lírico pede à amada que tenha compaixão dele e de seus olhos, pois, a cada vez que a observa, o trovador sente o desejo de estar perto de sua "senhor fremosa". Destaca-se, aqui, os olhos como instrumento do amor: ele a amou desde que a viu, para o mal de ambos.

2. E porque o al nom é rem: e porque todo o resto é sem valor.

Quer'eu em maneira de proençal

D. Dinis

Quer'eu em maneira de proençal[1]
fazer agora um cantar d'amor
e querrei[2] muit'i[3] loar[4] mia senhor
a que prez[5] nem fremosura nom fal[6],
nem bondade; e mais vos direi en[7]:
tanto a fez Deus comprida[8] de bem
que mais que todas las do mundo val.

1. **proençal: provençal.**
2. **querrei: quererei.**
3. **i: aí.**
4. **loar: louvar.**
5. **prez: preço, valor, mérito.**
6. **fal: falta, falha.**
7. **en: disso, disto.**
8. **comprida: cumprida, repleta.**

Ca[9] mia senhor quiso[10] Deus fazer tal,
quando a fez, que a fez sabedor[11]
de todo bem e de mui gram valor,
e com tod'est[o][12] é mui comunal[13]
ali u[14] deve; er[15] deu-lhi bom sem[16]
e des i[17] nom lhi fez pouco de bem
quando nom quis que lh'outra foss'igual.

Ca em mia senhor nunca Deus pôs mal,
mais[18] pôs i prez e beldad'e loor[19]
e falar mui bem e riir melhor
que outra molher; des i é leal
muit'; e por esto nom sei hoj'eu quem
possa compridamente no seu bem
falar, ca nom há, tra'lo seu bem, al[20].

9. **Ca: pois, porque.**
10. **quiso: quis.**
11. **que a fez sabedor: que a fez repleta.**
12. **com todo'est[o]: além disso.**
13. **comunal: sociável.**
14. **u: quando.**
15. **er: também, igualmente.**
16. **bom sem: bom senso.**
17. **des i: além disso.**
18. **mais: mas.**
19. **loor: louvor.**
20. **ca nom há, tra'lo seu bem, al: pois, para além do seu bem, não há mais nada.**

À moda provençal, o trovador exalta sua amada, que tem qualidades como honra, formosura, bondade e lealdade. Por tais qualidades, é superior a todas as outras mulheres.

A dona que eu am'e tenho por senhor

Bernal de Bonaval

A dona que eu am'e tenho por senhor
amostrade-mi-a, Deus, se vos en[1] prazer for[2],
senom dade-mi a morte.

A que tenh'eu por lume[3] destes olhos meus
e por que choram sempr', amostrade-mi-a, Deus,
senom dade-mi a morte.

Essa que vós fizestes melhor parecer
de quantas sei[4], ai, Deus!, fazede-mi-a veer,
senom dade-mi a morte.

1. en: disso, disto.
2. prazer for: agradar a.
3. lume: luz.
4. sei: conheço.

Ai Deus! que mi a fezestes mais ca mim[5] amar,
mostrade-mi-a, u[6] possa com ela falar,
senom dade-mi a morte.

O eu lírico apaixonado sofre e lamenta pelo fato de seu amor não poder ser concretizado. Ele ama a jovem mais do que a si próprio e pede a Deus que mostre onde pode se encontrar com ela. Se isso não for possível, o eu lírico prefere a morte.

5. mais ca mim: mais do que a mim mesmo.

6. u: onde.

Par Deus, senhor

Afonso X

Par Deus, senhor,
enquant'eu for
de vós tam alongado[1],
nunca em maior
coita[2] d'amor,
nem atam coitado
foi en'o mundo
por sa senhor
homem que fosse nado[3],
    penado, penado.

1. **alongado: afastado.**
2. **coita: sofrimento, mágoa.**
3. **nado: nascido.**

Se[m] nulha rem[4],
sem vosso bem,
que tant'hei desejado
que já o sem[5]
perdi por en[6],
e viv'atormentado;
sem vosso bem,
de morrer en[7]
ced'[8]é mui guisado[9],
penado, penado.

4. nulha rem: nada, coisa alguma.
5. sem: senso, razão, juízo.
6. por en: por isso.
7. en: disso, disto.
8. ced' (cedo): em breve, rapidamente.
9. guisado: preparado, determinado.

Ca[10] log'ali
u[11] vos eu vi,
fui d'amor aficado[12]
tam muit'[13]em mi
que nom dormi,
nem houve gasalhado[14];
se m'este mal
durar assi,
eu nunca fosse nado,
penado, penado.

O trovador declama sua "coita" (sofrimento) de amor por estar "alongado" (distante) de sua amada. Todo esse sofrimento faz o eu lírico pensar até mesmo na morte ("morrer en ced'é mui guisado").

10. Ca: pois, porque.
11. u: quando.
12. aficado: aflito, atormentado.
13. tam muit' (tam muito): tanto.
14. gasalhado: abrigo, conforto.

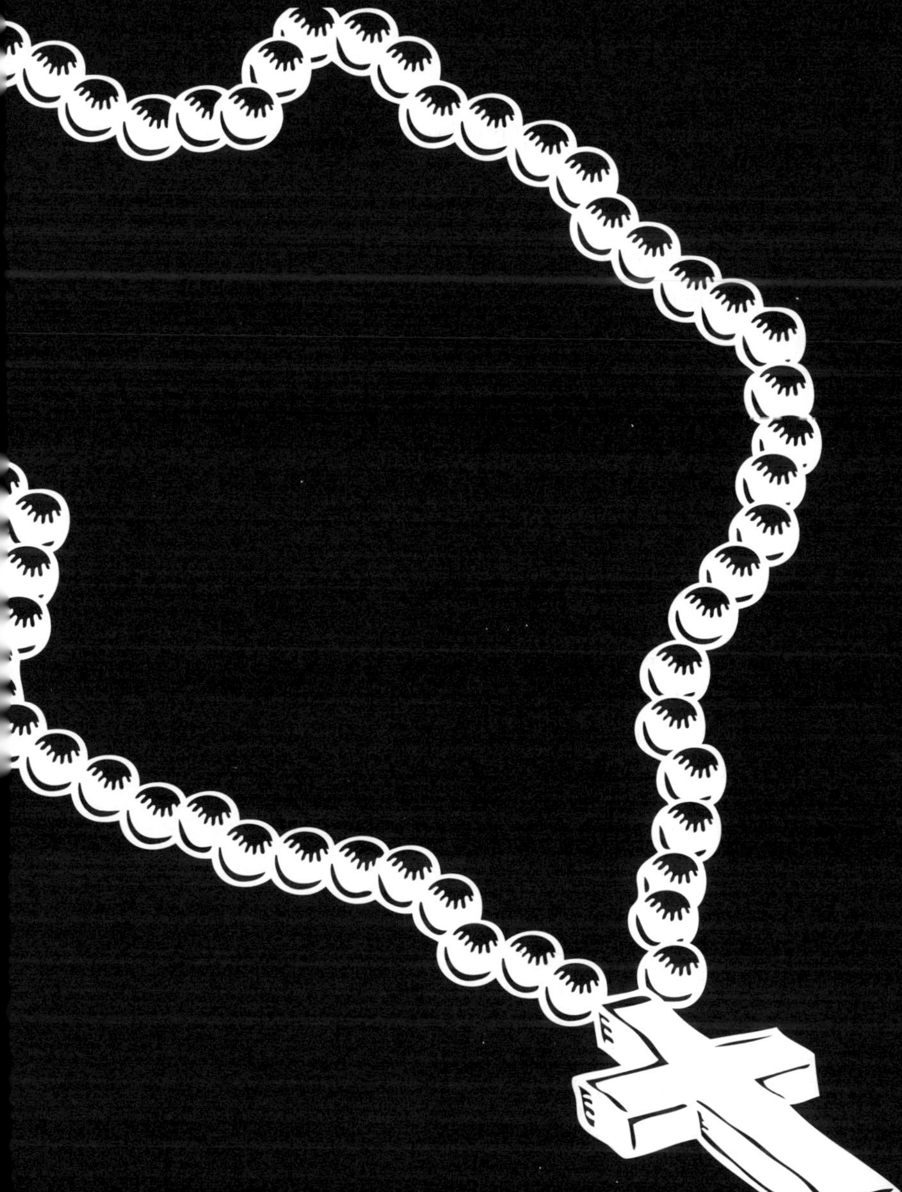

Pois que m'hei ora d'alongar

Afonso X

Pois que m'hei ora d'alongar[1]
de mia senhor, que quero bem,
porque me faz perder o sem[2],
quando m'houver del'a quitar[3],
direi, quando me lh'espedir[4]:
de mui bom grado queria ir
log'e nunca [m'end'ar[5]] viir.

Pois me tal coita[6] faz sofrer,
qual sempr'eu por ela sofri,
des[7] aquel dia 'm que a vi,
e nom se quer de mim doer[8]
atanto lhi direi por en[9]:
moir'eu e moiro por alguém
e nunca vos direi mais en[10].

1. **alongar: afastar.**
2. **perder o sem: perder a razão.**
3. **quitar: afastar.**
4. **espedir: despedir.**
5. **ar: de novo.**
6. **coita: sofrimento, mágoa.**
7. **des: desde.**
8. **doer: ter dó.**
9. **por en: por isso.**
10. **en: disso, disto.**

E já eu nunca veerei
prazer com estes olhos meus,
de[s] quando a nom vir, par Deus,
e com coita que haverei,
chorando lhi direi assi:
moir'eu porque nom vej'aqui
a dona que por meu mal [vi].

Por "tal coita" (tal mágoa) sofrer, o trovador prefere se "alongar" (afastar) de sua "senhor", pois a paixão o faz perder a razão. Entretanto, ele afirma que nunca mais terá prazer com seus olhos se não vir a mulher amada.

Bem sabia eu, mia senhor

Afonso X

Bem sabia eu, mia senhor,
que pois m'eu de vós partisse
que nunca veria sabor[1]
de rem[2], pois vos eu nom visse,
porque vós sodes a melhor
dona de que nunca oísse[3]
homem falar;
ca[4] o vosso bom semelhar[5]
sei que par[6]
nunca lh'homem pod'achar.

1. sabor: gosto, prazer.
2. rem: nada.
3. oísse: ouvisse.
4. ca: pois, porque.
5. semelhar: aspecto físico.
6. par: igual, semelhante.

E pois que o Deus assi quis,
que eu som tam alongado[7]
de vós, mui bem seede fiz[8]
que nunca eu sem cuidado
en[9] viverei, ca já Paris[10]
d'amor nom foi tam coitado[11]
[e] nem Tristam[12];
nunca sofrerom tal afã[13],
nen'[o] ham
quantos som, nem seeram.

7. **alongado: afastado, distante.**
8. **fiz: certo, seguro.**
9. **en: disso, disto.**
10. **Paris (Páris): também conhecido como Alexandre, é filho do rei Príamo, de Troia.**
11. **coitado: infeliz, triste.**
12. **Tristam (Tristão): personagem da célebre história de amor narrada em *Tristão e Isolda*.**
13. **afã: ânsia, tormento.**

Que farei eu, pois que nom vir
o mui bom parecer vosso?
Ca o mal que vos foi ferir
aquel é [meu] x'est o vosso[14];
e por ende per rem partir[15]
de vos muit'amar nom posso;
nen'[o] farei,
ante bem sei ca[16] morrerei,
se nom hei
vós que sempre i amei.

Comparando seu amor ao de Páris (homem que raptou Helena e desencadeou a guerra de Troia) e seu sofrimento ao de Tristão (protagonista do romance medieval *Tristão e Isolda*), o trovador exalta sua amada, considerando-a a "melhor dona".

14. aquel é [meu] x'est o vosso: se é vosso, também é meu.
15. e por ende per rem partir: e por isso nada deste mundo deixar.
16. ca: que.

Senhor fremosa, venho-vos dizer

Pero Garcia Burgalês

Senhor fremosa, venho-vos dizer,
de quanto mal a mim faz voss'amor,
que me digades vós, ai mia senhor!,
por Deus que vos deu tam bom parecer:
  mia senhor fremosa, que prol[1] vos tem
  a vós de quanto mal me por vós vem?

E pois vos eu amei des que vos vi
e amo mais de quantas cousas som,
dizede-mi ora, si Deus vos perdom!,
pois vos eu outro mal nom mereci:
  mia senhor fremosa, que prol vos tem
  a vós de quanto mal me por vós vem?

1. prol: proveito.

Pero, senhor, nunca vos eu ousei
de mia coita nulha rem ementar[2]
que mi a mim fez o voss'amor levar[3];
mais pois per vós tam muito[4] de mal hei:
    mia senhor fremosa, que prol vos tem
    a vós de quanto mal me por vos vem?

> Dirigindo-se a sua "senhor fremosa", o trovador canta sua dor e pergunta à amada o que há de bom em todo esse sofrimento.

2. **nulha rem ementar: nada comentar.**
3. **levar: aguentar, suportar, sofrer.**
4. **tam muito: tanto.**

Ai eu coitad'! e por que vi

Pero Garcia Burgalês

Ai eu coitad'! e por que vi
a dona que por meu mal vi?
Ca[1], Deus lo sabe, poila vi,
nunca jamais prazer ar[2] vi,
per boa fé[3], u[4] a nom vi;
ca de quantas donas eu vi,
tam boa dona nunca vi,

1. Ca: pois, porque.
2. ar: de novo.
3. per boa fé: realmente, por Deus (*fórmula de juramento*).
4. u: quando.

tam comprida[5] de todo bem,
per bõa fé, esto[6] sei bem;
se[7] Nostro Senhor me dê bem
dela, que eu quero gram bem,
per bõa fé, nom por meu bem!
Ca, pero[8] que lh'eu quero bem,
nom sabe ca[9] lhe quero bem,

5. **comprida: cumprida, repleta.**
6. **esto: isto.**
7. **se: que.**
8. **pero: embora, ainda que.**
9. **ca: que.**

ca lho nego pola veer[10];
pero non'a posso veer!
Mais Deus que mi a fezo veer,
rog'eu que mi a faça veer;
e se mi a nom fezer veer,
sei bem que nom posso veer
prazer nunca sen'a veer.

10. **ca lho nego pola veer: porque lho escondo de forma a poder vê-la.**

Ca lhe quero melhor ca mim,
pero non'o sabe per mim
a que eu vi por mal de mim,

nem outre já, mentr'eu o sem[11]
houver; mais se perder o sem,
direi-o com míngua[12] de sem;

ca vedes que ouço dizer:
que míngua de sem faz dizer
a home o que nom quer dizer!

Desde o primeiro verso, o trovador apresenta-se como miserável, posto que sua amada não sabe da existência de seu amor. Reitera, ainda, que a ama mais do que a si mesmo.

11. **sem: senso, razão, juízo.**
12. **míngua: falta.**

Estes meus olhos nunca perderám

João Garcia de Guilhade

Estes meus olhos nunca perderám,
senhor, gram coita[1], mentr'[2]eu vivo for;
e direi-vos, fremosa mia senhor,
destes meus olhos a coita que ham:
    choram e cegam, quand'alguém nom veem,
    e ora cegam por alguém que veem.

Guisado[3] têm de nunca perder
meus olhos coita e meu coraçom,
e estas coitas, senhor, mĩas som:
mais los meus olhos, por alguém veer,
    choram e cegam, quand'alguém nom veem,
    e ora cegam por alguém que veem.

1. **coita: sofrimento.**
2. **mentr' (mentre): enquanto.**
3. **Guisado: preparado, determinado.**

E nunca já poderei haver bem,
pois que Amor já nom quer nem quer Deus;
mais os cativos[4] destes olhos meus
morrerám sempre por veer alguém:
    choram e cegam, quand'alguém nom veem,
    e ora cegam por alguém que veem.

Diante de um amor impossível, o trovador sofre, oscilando entre a cegueira ao ver o seu amor e a cegueira ao não vê-lo. É interessante observar também que o trovador fala em Deus e em Amor no mesmo verso: ambos não querem seu bem.

4. cativos: infelizes, desgraçados.

Amigos, nom poss'eu negar

João Garcia de Guilhade

Amigos, nom poss'eu negar
a gram coita[1] que d'amor hei,
ca[2] me vejo sandeu[3] andar,
e com sandece[4] o direi:
os olhos verdes que eu vi
me fazem ora andar assi.

Pero quem quer x'entenderá
aquestes olhos quaes som,
e dest'alguém se queixará[5];
mais eu, já quer moira quer nom:
os olhos verdes que eu vi
me fazem ora andar assi.

1. coita: sofrimento.
2. ca: pois, porque.
3. sandeu: louco.
4. sandece: loucura, insensatez.
5. Pero quem quer x'entenderá/ aquestes olhos quaes som,/ e dest'alguém se queixará: mas qualquer pessoa entenderá/ de quem são estes olhos/ e disto alguém se queixará (*subentende-se que quem se queixará será a dona dos olhos verdes*).

Pero nom devia a perder
home que já o sem nom há
de com sandece rem dizer[6],
e com sandece dig'eu já:
    os olhos verdes que eu vi
    me fazem ora andar assi.

Dirigindo-se aos amigos confidentes, o trovador compartilha seu sofrimento por uma dama de olhos verdes. Todo esse amor e sofrimento o leva à loucura. Ao fim da cantiga, ele pede que desconsiderem seu lamento, pois um homem louco não sabe o que diz. Somente assim se "perdoa" a ruptura da mesura (os olhos verdes podem sugerir quem é a dama).

6. Pero nom devia a perder/ home que já o sem nom há/ de com sandece rem dizer: mas não se devia levar a mal nada do que diz, com loucura, um homem que já perdeu o juízo (*ou seja, um louco não sabe o que diz*).

Par Deus, coraçom, mal me matades

Airas Nunes

Par Deus, coraçom, mal[1] me matades
e prol[2] vossa nem minha nom fazedes,
e pouco, se assi for, viveredes;
e a senhor por que mi assi matades
al[3] cuida, ca[4] nom no vosso cuidar.
Mal dia forom meus olhos catar[5]
a fremosura por que me matades!

1. **mal: muito, gravemente.**
2. **prol: proveito.**
3. **al: outra coisa.**
4. **ca: que.**
5. **catar: olhar, ver.**

Ora que eu moiro, com quem ficades?
Vós com ela, par Deus, nom ficaredes,
e, se eu moiro, migo[6] morreredes,
ca[7] vós noit'e dia migo ficades.
Mais[8] vosso cuidado pode chegar
u[9] est a dona que rem[10] nom quer dar
por mim, ca sempre comigo ficades.

Nesta cantiga, o trovador mostra seu amor por sua dona, que "mal" (muito) o feriu.

6. **migo: comigo.**
7. **ca: pois, porque.**
8. **Mais: nem jamais.**
9. **u: onde.**
10. **rem: nada.**

Proençaes soem mui bem trobar

D. Dinis

Proençaes[1] soem mui bem trobar
e dizem eles que é com amor;
mais[2] os que trobam no tempo da flor
e nom em outro, sei eu bem que nom
ham tam gram coita[3] no seu coraçom
qual m'eu por mia senhor vejo levar[4].

Pero[5] que trobam e sabem loar[6]
sas senhores o mais e o melhor
que eles podem, sõo sabedor[7]
que os que trobam quand'a frol sazom
há e nom ante[8], se Deus mi perdom,
nom ham tal coita qual eu hei sem par.

1. **Proençaes: provençais.**
2. **mais: mas.**
3. **coita: sofrimento.**
4. **levar: suportar, sofrer.**
5. **Pero: ainda que.**
6. **loar: louvar.**
7. **sõo sabedor: sabem.**
8. **quand'a frol sazom/ há e nom ante: quando é a estação das flores e não antes.**

Ca[9] os que trobam e que s'alegrar
vam eno[10] tempo que tem a color
a frol consig'e, tanto que[11] se for
aquel tempo, log'em trobar razom
nom ham[12], nem vivem [em] qual perdiçom
hoj'eu vivo, que pois m'há de matar.

O eu lírico duvida da sinceridade dos trovadores provençais, que cantam seu sofrimento somente na época das flores. O sofrimento deles se extingue com o fim da primavera, enquanto o sofrimento do eu lírico pela amada persiste durante todas as estações do ano.

9. Ca: Pois.
10. eno: no.
11. tanto que: assim que.
12. log'em trobar razom/ nom ham: logo não têm mais razões para trovar.

Falei noutro dia com mia senhor

Airas Nunes

Falei noutro dia com mia senhor
e dixe-lh'o mui grand'amor que lh'hei
e quantas coitas[1] por ela levei[2]
e quant'afã[3] sofro por seu amor.
Foi sanhuda[4] e nunc'a tanto vi:
e foi-se e sol nom[5] quis catar[6] por mi,
e nunca mais pois com ela falei.

Mentr'[7]eu com ela falava em al[8],
eu nunca molher tam bem vi falar;
e pois lh'eu dixe a coita e o pesar
que por ela sofro e o mui gram mal,
foi sanhuda e catou-me em desdém;
e des ali[9] nom lh'ousei dizer rem[10],
nem ar[11] quis nunca pois[12] por mi catar.

1. **coitas: mágoas.**
2. **levei: aguentei, suportei, sofri.**
3. **afã: ânsia, tormento.**
4. **sanhuda: irada, zangada.**
5. **sol nom: nem mesmo.**
6. **catar: olhar, ver.**
7. **Mentr' (mentre): enquanto.**
8. **al: outra coisa.**
9. **des ali: desde esse momento.**
10. **rem: nada.**
11. **ar: de novo (voltar a).**
12. **pois: depois.**

E muitas vezes oí[13] eu dizer:
"quisque[m] se coita há, costas lhe dá"[14];
e eu receei esto[15] grand'er'há[16];
mais porque me vejo em coitas viver
dixe-lh'o bem que lhe quer'e entom
[e]stranhou-mi-o[17] de guisa[18] que sol nom
me quis falar; e de mi que será?

Nesta cantiga, relata-se um diálogo entre o trovador e sua dama. Ao declarar seu amor a "mia senhor", esta responde a ele com grande destempero e desprezo, o que aumenta a "coita" (sofrimento) do eu lírico.

13. **oí: ouvi.**
14. **quisque[m] se coita há, costas lhe dá: vira as costas a quem quer que tenha mágoas (*porque será um importuno*).**
15. **esto: isto.**
16. **grand'er'há: há muito tempo.**
17. **[e]stranhou-mi-o: repreendeu-me, censurou-me.**
18. **guisa: maneira.**

Cantigas de Escárnio e Maldizer

Mia senhor, vim-vos rogar

Airas Moniz de Asma

– Mia senhor[1], vim-vos rogar,
por Deus, que ar pensedes[2]
de mi, que em gram vagar[3]
trouxestes e tragedes.
E cuido-m'avergonhar!
Se vos pr[o]uguer[4], devedes
hoj'a mia barva[5] a honrar,
que sempr'honrada sol[6] andar,
e vós nom mi a viltedes[7]!

1. **senhor: namorada, amada.**
2. **ar pensedes: volteis a cuidar.**
3. **em gram vagar: em tão grande espera.**
4. **pr[o]uguer: aprouver, agradardes.**
5. **barva: barba.**
6. **sol: costuma.**
7. **viltedes: ofendais, desonreis.**

– Cavaleiro, já[8] viltar-
[la] nunca m'oiredes[9];
mais leixemos[10] ela estar;
e desso[11] que dizedes
....
....
sol nom[12] penso de vos amar,
nem pensarei, a meu cuidar[13],
mais desto[14] que veedes.

– Mia senhor, eu vos direi
de mi como façades[15]:
o porque vos sempr'amei
per rem[16] nom mi o tenhades
– e sempre vos servirei;
se m'hoj'avergonhades,
fazede como sabor hei[17]
e dade-m'al[18] ou ir-m'-ei,
e nom me detenhades.

8. já: alguma vez.
9. oiredes: ouvis.
10. leixemos: deixemos.
11. desso: disso.
12. sol nom: nem mesmo.
13. a meu cuidar: na minha opinião.
14. mais desto: mais do que isto.
15. façades: façais.
16. rem: nada.
17. sabor hei: tiverdes vontade.
18. dade-m'al: dai-me qualquer coisa.

– Cavaleiro, nom darei;
pero, se vos queixades,
mui bem vos conselharei:
ide-vos, que tardades!
Que por que vos deterrei
u rem nom adubades?
Pero desejos haverei[19]
de vós, e endurar-mi-os-ei
atá quando ar venhades[20].

– Mia senhor, a meu saber[21],
mais aposto[22] seria
quererdes por mim fazer
como eu por vós faria;
ca[23] eu, por tanto d'haver,
nunca vos deterria;
mais nom poss'eu dona veer
c'assi and'a meu plazer
como lh'eu andaria.

Nesta cantiga, o diálogo entre a dona e o cavaleiro escapa às normas do amor cortês. O eu lírico, cansado de um serviço sem recompensa, dá um ultimato à dama: ou obtém rapidamente seus favores, ou vai embora.

19. haverei: terei.
20. ar venhades: retornardes.
21. a meu saber: no meu entender.
22. aposto: elegante.
23. ca: pois.

Quand'eu passei per Dormãa

Fernão Pais de Tamalancos

Quand'eu passei per Dormãa
perguntei por mia coirmãa[1],
a salva e [a] paçãa[2].
Disserom: – Nom é[3] aqui essa,
alhur[4] buscade vós essa;
mais é aqui a abadessa.

Preguntei: – Por caridade,
u é daqui salvidade[5]
que sempr'amou castidade?
Disserom: – Nom é aqui essa,
alhur buscade vós essa;
mais é aqui a abadessa.

> Ao trazer um diálogo irônico e sucinto entre monjas, a cantiga satiriza a abadessa do convento de Dormãa (atual Dormeá), que supostamente foi corrompida.

1. coirmãa: prima.
2. a salva e [a] paçãa: pura e cortês.
3. é: está, existe.
4. alhur: alhures, em outro lugar.
5. u é daqui salvidade: onde está aqui a pureza.

Veerom-m'agora dizer

Afonso Anes do Cotom

Veerom-m'agora dizer
d'ũa molher que quero bem
que era prenhe, e já creer
nom lho quig'eu per nulha rem[1];
pero dix'eu: – Se est assi,
oimais nom creades per mim[2],
se a nom emprenhou alguém.

E digo-vos que m'é gram mal[3]
daquesto[4] que lhi conteceu,
ca[5] sõo eu cord'e[6] leal,
pero me dam prez de sandeu[7];
mais[8] vedes de que hei pesar:
daquel que a foi emprenhar,
de que cuidam que x'a fodeu.

1. **nom lho quig'eu per nulha rem: não quis de modo algum.**
2. **oimais nom creades per mim: a partir de hoje, não acrediteis mais em mim.**
3. **m'é gram mal: me parece muito mal.**
4. **daquesto: disto.**
5. **ca: pois.**
6. **cord'e (cordo e): cordato e.**
7. **dam prez de sandeu: dão fama de louco.**
8. **mais: mas.**

Pero juro-vos que nom sei
bem deste foro[9] de Leon
ca pouc'há que aqui cheguei;
mais direi-vos ũa razom[10]:
em mia terra, per boa fé[11],
a toda molher que prenh'é
logo lhi dizem com barom[12]!

O eu lírico mostra-se surpreendido com a notícia da gravidez de uma senhora a que servia: se for verdade, certamente alguém a teria engravidado.

9. foro: lei, jurisdição.
10. direi-vos ũa razom: direi-vos uma coisa.
11. per boa fé: *fórmula de juramento.*
12. com barom: com bebê (homem), com homem (*ambiguidade provavelmente proposital*).

Fernam Díaz é aqui, como vistes

Airas Peres Vuitorom

Fernam Díaz é[1] aqui, como vistes,
e anda em preito de[2] se casar;
mais nom pod'ó casamento chegar
– d'home o sei eu, que sabe com[o] é;
e por haver casament', a la fé,
d'home nunca vós tam gram coita[3] vistes.

E por end'anda[4] vestid'e loução[5]
e diz que morre por outra molher;
mais este casamento que el quer
d'home o sei eu que lho nom daram;
e por este casamento [d]el, de pram[6],
d'home atal coita nunca viu cristão.

1. **é: está.**
2. **em preito de: tratando de.**
3. **coita: ânsia.**
4. **por end'anda (por ende anda): por isso anda.**
5. **loução: belo, vigoroso.**
6. **de pram: certamente.**

Ca[7] d'Estorga atá Sam Fagundo[8]
don'há que há de Dom Fernando torto[9],
ca por outro casamento anda morto
d'home o sei eu, que o sabe já;
e se este casament'el nom há
d'hom'atal coita nunca foi no mundo.

Ao abordar o tema da homossexualidade, a cantiga apresenta um jogo de palavras a partir do sentido das expressões "casamento" e "d'home".

7. **Ca: pois.**
8. Estorga atá Sam Fagundo: ***são cidades por onde passa o Caminho de Santiago (de Compostela). Isso indica que nas cantigas de escárnio e de maldizer também aparecem referências à religiosidade e aos locais de romaria.***
9. **don'há que há de Dom Fernando torto: há donas com razões para queixar-se dele.**

Dom Guilhelm'e Dom Adam e Dom Miguel Carriço

Fernão Soares de Quinhones

Dom Guilhelm'e Dom Adam e Dom Miguel Carriço,
pela porta da igreja, que saiu do quiço[1],
irado'los há el-rei.

Eles nunca, pois[2] nacerom, forom pegureiros[3];
mas, por um home d'Estorga que perdeu carneiros,
irado'los há el-rei.

Deitou[4] um frad'a pacer[5] sas bestas que comprara,
e porque as nom achou ali u[6] as deitara,
irado'los há el-rei.

Esta cantiga satiriza três cavaleiros acusados de roubar igrejas, carneiros e bestas de carga. A cantiga não os acusa diretamente, mas dá a entender que esse foi o motivo pelo qual a ira do rei caiu sobre eles.

1. quiço: dobradiça.
2. pois: depois que, desde que.
3. pegureiros: criadores de gado.
4. Deitou: colocou.
5. pacer: pascer, pastar.
6. u: onde.

Maria Pérez se maenfestou

Fernão Velho

Maria Pérez se maenfestou[1]
noutro dia, ca[2] por [mui] pecador[3]
se sentiu, e log'a Nostro Senhor
pormeteu, polo mal em que andou,
que tevess'um clérig'a seu poder[4],
polos pecados que lhi faz fazer
o Demo, com que x'ela sempr'andou.

Maenfestou-se ca diz que s'achou
pecador muit', e por en rogador[5]
foi log'a Deus, ca teve por melhor
de guardar a El ca o que a guardou[6];
e mentre[7] viva, diz que quer teer
um clérigo com que se defender
possa do Demo, que sempre guardou.

1. maenfestou: confessou.
2. ca: pois.
3. pecador: pecadora.
4. a seu poder: sob sua proteção.
5. por en rogador: por isso rogadora.
6. de guardar a El ca o que a guardou: de guardar antes a Deus do que ao Demo, que a tinha guardado.
7. mentre: enquanto.

E pois que bem seus pecados catou[8],
de sa mort'houv'ela[9] gram pavor
e d'esmolnar houv'ela gram sabor[10];
e log'entom um clérigo filhou[11]
e deu-lh'a cama em que sol[12] jazer,
e diz que o terrá[13], mentre viver;
e est'afã todo por Deus filhou.

E pois que s'este preito começou
antr'eles ambos houve grand'amor
antr'ela sempr'[e] o Demo maior,
atá que se Balteira confessou;
mais, pois que vio o clérigo caer
antr'eles ambos, houv'i a perder
o Demo, des que s'ela confessou.

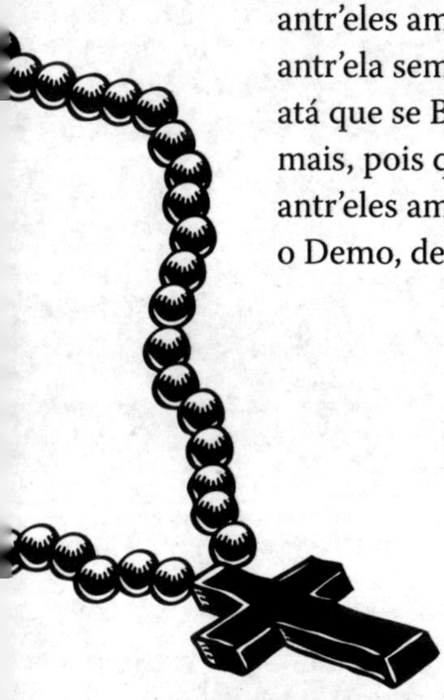

O eu lírico junta-se ao coro das chacotas dirigidas a Maria Balteira, uma célebre soldadeira (prostituta), que, depois de tantos pecados, resolve se confessar e acaba jurando não largar mais o clérigo. Desse modo, o clero é criticado por meio da sátira.

8. catou: viu, olhou.
9. houv'ela (houve ela): teve ela.
10. d'esmolnar houv'ela gram sabor: ela teve muita vontade de dar esmolas.
11. filhou: arranjou.
12. sol: costuma.
13. terrá: manterá.

Quantos mal ham, se quere guarecer

Gonçalo Anes do Vinhal

Quantos mal ham, se quere[m] guarecer[1],
se x'agora per eles nom ficar[2],
venham este maestre[3] bem pagar,
e Deus'los pode mui bem guarecer;
ca[4] nunca tam mal[5] doent'home achou
nem tam perdudo[6], des[7] que el chegou,
se lh'algo deu, que nom fosse catar[8].

Quiçá non'o pod'assi guarecer,
que este poder nom lho quis Deus dar,
[j]á quem nom sabe o que possa saar[9]
o doente, meos de guarecer[10];
mais perguntar-lh'-á de que enfermou,
como maestr'; e, se o bem pagou,
nom leix'a guarir[11], polo el preguntar.

1. **guarecer: curar-se.**
2. **se x'agora per eles nom ficar: se não puderem fazer mais nada (*provável significado do verso*).**
3. **maestre: mestre (*médico*).**
4. **ca: pois.**
5. **mal: gravemente.**
6. **perdudo: perdido.**
7. **des: desde.**
8. **catar: observar, examinar.**
9. **saar: sarar.**
10. **meos de guarecer: a menos que se cure.**
11. **nom leix'a guarir: não deixará de se curar.**

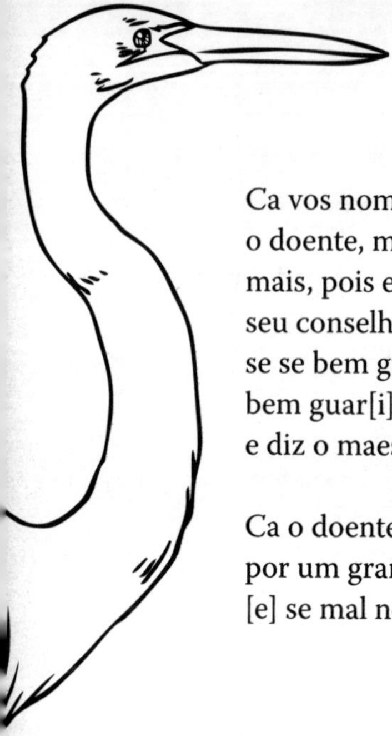

Ca vos nom pod'el assi guarecer
o doente, meos de terminhar[12];
mais, pois esto for, se quis[er] filhar[13]
seu conselho, pode bem guarecer:
se se bem guardar, poilo el catou[14],
bem guar[i]rá do mal, ca terminhou;
e diz o maestre: – Se lhi nom tornar[15].

Ca o doente, de que el pensou[16]
por um gram tempo, se mui bem saou
[e] se mal nom houver, [já] pod'andar.

A cantiga aborda o tema da incompetência profissional aliada à pressa em receber os altos salários. A ideia do texto é que os doentes se curam não pelo palavreado do médico, mas pela graça de Deus ou da natureza.

12. meos de terminhar: a menos que recupere (a consciência).
13. filhar: aceitar.
14. catou: viu, olhou.
15. Se lhi nom tornar: se não tiver uma recaída.
16. pensou: tratou, cuidou.

Ũa dona, nom dig'eu qual

João Airas de Santiago

Ũa dona, nom dig'eu qual,
nom aguirou[1] ogano[2] mal:
polas oitavas de Natal[3],
ia por sa missa oir[4],
e [houv'] um corvo carnaçal[5],
e nom quis da casa sair.

A dona, mui de coraçom[6],
oíra sa missa entom,
e foi por oír o sarmom[7],
e vedes que lho foi partir[8]:
houve sig'um[9] corv'a carom[10],
e nom quis da casa sair.

1. aguirou: viu nos agoiros (*arte de prever o futuro por meio das aves*).
2. ogano: este ano, há tempos.
3. oitavas de Natal: os oito dias seguintes ao Natal.
4. oir: ouvir.
5. carnaçal: uma espécie de corvo.
6. mui de coraçom: de muito boa vontade.
7. sarmom: sermão.
8. partir: impedir.
9. sig'um (sigo um): consigo um.
10. a carom: cara a cara, rente à pele.

A dona disse: – Que será?
E i[11] o clérig'está já
revestid'[12]e maldizer-m'-á
se me na igreja nom vir.
E diss'o corvo: – Quá, cá;
    e nom quis da casa sair.

11. i: aí.
12. revestid' (revestido): vestido para a missa.

Nunca taes agoiros vi
des aquel dia em que naci
com'aquest'ano houv'aqui;
e ela quis provar[13] de s'ir
e houv'um corvo sobre si
    e nom quis da casa sair.

Nesta cantiga, o eu lírico satiriza uma mulher adúltera a partir de uma série de duplos sentidos relacionados ao "corvo" que a teria impedido de ir à missa.

13. **provar: tentar.**

Ai dona fea, fostes-vos queixar

João Garcia de Guilhade

Ai dona fea, fostes-vos queixar
que vos nunca louv'en'[o] meu cantar;
mais[1] ora quero fazer um cantar
em que vos loarei[2] todavia;
e vedes como vos quero loar:
dona fea, velha e sandia[3]!

Dona fea, se Deus mi pardom,
pois havedes[4] [a]tam gram coraçom[5]
que vos eu loe, em esta razom[6]
vos quero já loar todavia;
e vedes qual será a loaçom:
dona fea, velha e sandia!

1. **mais: mas.**
2. **loarei: louvarei.**
3. **sandia: louca.**
4. **havedes: tendes.**
5. **coraçom: vontade.**
6. **razom: razão (*assunto de uma cantiga e a maneira de abordá-lo*).**

Dona fea, nunca vos eu loei
em meu trobar, pero[7] muito trobei;
mais ora já um bom cantar farei
em que vos loarei todavia;
e direi-vos como vos loarei:
  dona fea, velha e sandia!

Esta é uma das mais famosas cantigas trovadorescas. É uma paródia sobre o elogio cortês à senhora: como a dona se queixa de nunca ter sido louvada por um trovador, o eu lírico se dispõe a louvá-la à sua maneira.

7. **pero: ainda que.**

Elvira López, que mal vos sabedes

João Garcia de Guilhade

Elvira López, que mal vos sabedes
vós guardar sempre daqueste peom[1]
que pousa[2] vosc[o][3], e há coraçom[4]
de tousar[5] vosc', e vós nom lh'entendedes;
hei mui gram medo de xi vos colher[6]
algur senlheira[7]; e se vos foder,
o engano nunca lho provaredes[8].

1. **peom: peão, soldado.**
2. **pousa: dorme, alberga.**
3. **vosc[o]: convosco.**
4. **há coraçom: tem vontade.**
5. **tousar: tosquiar, roubar.**
6. **xi vos colher: de vos apanhar.**
7. **algur senlheira: em algum lugar sozinha (*pode haver uma ambiguidade proposital com "sem lheira", referindo-se ao sulco que recebe a semente na terra*).**
8. **o engano nunca lho provaredes: nunca podereis provar a traição.**

O peom sabe sempr'u[9] vós jazedes[10],
e nom vos sabedes dele guardar:
siquer poedes [em] cada logar
vossa maeta[11] e quanto tragedes;
e dized'ora, se Deus vos perdom:
se de noite vos foder o peom,
contra qual parte o demandaredes?[12]

9. **u: onde.**
10. **jazedes: deitais.**
11. **maeta: maleta, pequeno baú (*há aqui um duplo sentido de cunho sexual*).**
12. **contra qual parte o demandaredes?: de que maneira o podereis acusar perante a justiça?**

Direi-vos ora como ficaredes
deste peom, que tragedes assi
vosco, pousando aqui e ali:
e vós já quanto[13] que ar[14] dormiredes,
e o peom, se coraçom houver
de foder, foder-vos-á, se quiser,
e nunca del[e] o vosso haveredes.

Ca[15] vós diredes: – Fodeu-m'o peom!
E el dirá: – Bõa dona, eu nom!
E u las provas que [vós] lhi daredes?

A partir do jogo de palavras, a cantiga apresenta conselhos à soldadeira Elvira Lopes, que não toma cuidado com suas companhias.

13. já quanto: um tanto, um pouco.
14. ar: também.
15. Ca: pois.

Escudeiro, pois armas queredes

Lopo Lias

Esta cantiga fez como respondeu um escudeiro que nom era bem fidalgo e queria seer cavaleiro; e el non'o tinha por dereito e diss'assi.

– Escudeiro, pois armas queredes[1],
dized'ora com quem comedes.
  – Dom Fernando, comer-mi-ei sol[2],
  ca[3] assi fez sempre meu avol[4].

– Pois armas tanto desejades,
buscad'ante com quem comiades[5].
  – Dom Fernando, comer-mi-ei sol,
  ca assi fez sempre meu avol.

A cantiga satiriza um escudeiro aspirante a fidalgo e faz referência ao fato de um cavaleiro precisar da companhia de vassalos, inclusive à mesa.

1. **armas queredes: quereis ser armado cavaleiro.**
2. **sol: sozinho.**
3. **ca: pois.**
4. **avol: avô.**
5. **buscad'ante com quem comiades: procurai primeiro com quem comer.**

Cavaleiro, com vossos cantares

Martim Soares

Estoutro cantar fez de maldizer a um cavaleiro que cuidava que trobava mui bem e que fazia mui bõos sões[1] *e nom era assi.*

Cavaleiro, com vossos cantares
mal avilastes[2] os trobadores;
e pois assi per vós som vençudos,
busquem per al[3] servir sas senhores[4];
ca[5] vos vej'eu mais das gentes gaar[6]
de vosso bando, por vosso trobar,
ca nom[7] eles, que som trobadores.

1. **sões: sons, músicas.**
2. **mal avilastes: ofendestes gravemente.**
3. **per al: de outra forma.**
4. **senhores: senhoras.**
5. **ca: pois.**
6. **gaar: ganhar, conquistar.**
7. **ca nom: do que.**

Os aldeiãos e os concelhos
tôdolos[8] havedes por pagados[9];
também se chamam por vossos quites,
como se fossem vossos comprados[10],
por estes cantares que fazedes d'amor,
em que lhis acham os filhos sabor[11]
e os mancebos que têm soldados[12].

Benquisto sodes dos alfaiates,
dos peliteiros[13] e dos medores[14];
do vosso bando som os trompeiros
e os jogrardes do atambores[15],
porque lhis cabe nas trombas[16] vosso som[17];
pera atambores ar[18] dizem que nom
acham no mund'outros sões melhores.

8. **tôdolos: todos.**
9. **pagados: contentes, satisfeitos.**
10. **também se chamam por vossos quites,/ como se fossem vossos comprados: também se consideram vossos vassalos (poéticos), como se recebessem pagamento vosso.**
11. **acham os filhos sabor: seus filhos gostam.**
12. **que têm soldados: que trazem a soldo (*serviçais*).**
13. **peliteiros: peleiros (*vendedores de peles*).**
14. **medores: os que fazem as meadas.**
15. **atambores: tambores.**
16. **trombas: trompas.**
17. **som: música (*de uma cantiga*).**
18. **ar: também.**

Os trobadores e as molheres
de vossos cantares som nojados[19]
a ũa, por que eu pouco daria,
pois mi dos outros fossem loados;
ca eles nom sabem que xi nem fazer:
querem bom som e bõo de dizer
e os cantares fremosos e rimados.

E tod'aquesto[20] é mao de fazer
a quen'os sol[21] fazer desiguados[22].

Esta cantiga é uma sátira aos maus cantares de um cavaleiro não identificado. Além disso, a composição indica que já haveria uma distinção entre o público de massa e o público culto – os trovadores se dirigiam prioritariamente a este último.

19. nojados: aborrecidos, desgostados.
20. aquesto: isto.
21. sol: costuma.
22. desiguados: desiguais (*com as sílabas métricas erradas*).

Garcia López d'Elfaro

Pero da Ponte

Garcia López d'Elfaro,
direi-vos que m'agravece[1]:
que vosso dom[2] é mui caro
e vosso dom é rafece[3].
O vosso dom é mui caro pera quen'o há-d'haver,
o vosso dom é rafec[e] a quen'o há de vender.

Por caros teemos panos[4]
que home pedir nom ousa;
e, poilos tragem dous anos
rafeces som, por tal cousa.
O vosso dom é mui caro pera quen'o há d'haver,
o vosso dom é rafec[e] a quan'o há de vender.

1. agravece: aborrece, ofende.
2. dom: presente, dádiva.
3. rafece: barato, reles.
4. panos: roupas.

Esto nunca eu cuidara:
que ũa cousa senlheira[5]
podesse seer [tam] cara
e rafec'em tal maneira.
O vosso dom é mui caro pera quen'o há d'haver,
o vosso dom é rafec[e] a quen'o há de vender.

Sátira a um nobre avarento que só distribuiria roupas aos súditos depois de usá-las por muito tempo.

5. **senlheira: sozinha (*única*).**

Quem seu parente vendia

Pero da Ponte

Quem seu parente vendia,
todo[1] por fazer tesouro,
se xe foss'em corredura[2]
e podesse prender mouro,
    tenho[3] que x'o venderia
    quem seu parente vendia.

Quem seu parente vendia,
bem fidalg'e seu sobrinho,
se tevess'em Santiago
bõa adega de vinho,
    tenho que x'o venderia,
    quem seu parente vendia.

Quem seu parente vendia,
polo poerem no pao[4],
se pam sobrepost'houvesse,
e lhi chegass'ano mao,
    tenho que x'o venderia,
    quem seu parente vendia.

1. **todo: tudo.**
2. **corredura: correria, incursão militar.**
3. **tenho: acho.**
4. **poerem no pao: colocarem na forca.**

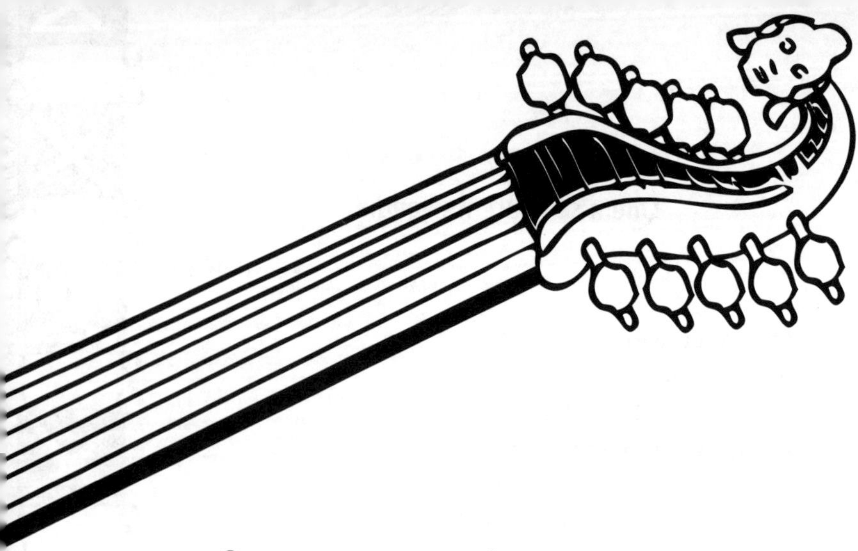

Quem seu parente vendia,
mui fidalg'e mui loução[5],
se cavalo sop'houvesse[6]
e lho comprassem por são,
    tenho que x'o venderia,
    quem seu parente vendia.

Esta cantiga é uma sátira a um velho fidalgo ganancioso que não hesita em vender a própria família para acumular riquezas.

5. **loução: bonito, vigoroso.**
6. **cavalo sop'houvesse: tivesse cavalo manco.**

De grado queria ora saber

Afonso X

De grado queria ora saber
destes que tragem saias encordadas[1],
em que s'apertam mui poucas vegadas[2],
se o fazem polos ventres mostrar,
porque se devam deles a pagar[3]
sas senhores, que nom têm pagadas[4].

Ai Deus! Se me quisess'alguém dizer
por que tragem estas cintas sirgadas[5]
muit'anchas[6], come molheres prenhadas:
se cuidam eles per i[7] gaanhar
bem[8] das com que nunca sabem falar,
ergo[9] nas terras se som bem lavradas.

1. **encordadas: apertadas com cordas.**
2. **vegadas: vezes.**
3. **pagar: ter prazer, gostar de.**
4. **pagadas: contentes, satisfeitas.**
5. **sirgadas: de seda.**
6. **anchas: largas.**
7. **per i: dessa maneira.**
8. **bem: o favor.**
9. **ergo: exceto, senão.**

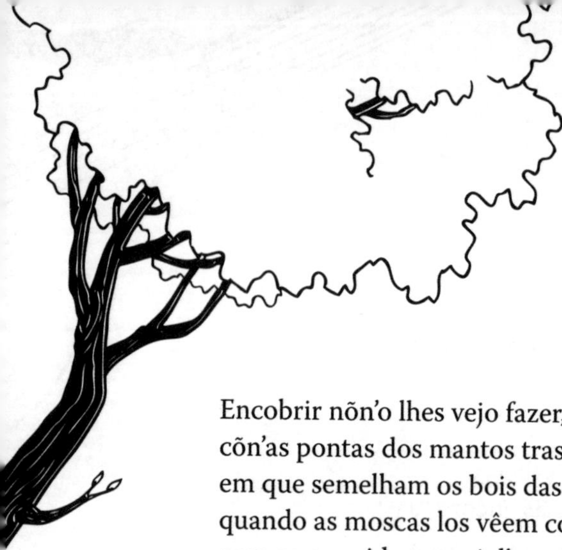

Encobrir nõn'o lhes vejo fazer,
cõn'as pontas dos mantos trastornadas[10],
em que semelham os bois das ferradas[11]
quando as moscas los vêem coitar[12];
nem se as cuidam per i d'enganar,
que sejam deles por en[13] namoradas.

Outrossi lhis ar[14] vejo [i] trager
as mangas mui curtas e esfra[lda]das,
bem come se adubassem[15] queijadas
ou se quisessem tortas amassar;
ou quiçá o fazem por delivrar
sas bestas, se fossem acevadadas.

> Ao satirizar a nobreza rural, a cantiga indica que os trajes e as aparências eram marcas distintivas de classe. Logo, o texto também pode ser visto como um testemunho da moda da época.

10. **trastornadas: atiradas para trás.**
11. **das ferradas: depois de marcados com ferro.**
12. **coitar: atormentar.**
13. **por en: por isso.**
14. **ar: também.**
15. **adubassem: fizessem, preparassem.**

Nom quer'eu donzela fea

Afonso X

Nom quer'eu donzela fea
que ant'a mia porta pea[1].

Nom quer'eu donzela fea
e negra come carvom
    que ant'a mia porta pea
nem faça come sisom[2].
    Nom quer'eu donzela fea
    que ant'a mia porta pea.

Nom quer'eu donzela fea
e velosa[3] come cam[4]
    que ant'a mia porta pea
nem faça come alermã[5].
    Nom quer'eu donzela fea
    que ant'a mia porta pea.

1. **pea: peida.**
2. **sisom: ave caracterizada por liberar gases constantemente.**
3. **velosa: peluda.**
4. **cam: cão.**
5. **alermã: arruda silvestre, muito malcheirosa.**

Nom quer'eu donzela fea
que há brancos os cabelos
    que ant'a mia porta pea
nem faça come camelos.
    Nom quer'eu donzela fea
    que ant'a mia porta pea.

Nom quer'eu donzela fea,
veelha de má[a] coor
    que ant'a mia porta pea
nem [me] faça i peior.
    Nom quer'eu donzela fea
    que ant'a mia porta pea.

Em oposição a uma cantiga de amor, esta cantiga apresenta referências escatológicas e comparações botânicas e animalescas a fim de retratar uma donzela em apuros digestivos.

Disse-m'hoj'um cavaleiro

D. Dinis

Disse-m'hoj'um cavaleiro
que jazia feramente[1]
um seu amigo doente
e buscava-lhi lorbaga[2];
dixi-lh'eu: – Seguramente
    come-o praga por praga

que el muitas vezes disse,
per essa per que o come,
quantas en nunca diss'homem;
e o que disse ben'o paga,
ca, come cam que há fome[3],
    comeo[4] praga por praga

1. jazia feramente: estava gravemente.
2. lorbaga: planta usada como laxante.
3. ca, come cam que há fome: pois, como cão que tem fome.
4. comeo: comeu.

que el muitas vezes disse;
e jaz ora o astroso[5]
mui doent'e mui nojoso[6]
e com medo per si caga,
ca, come lobo ravioso,
    come-o praga por praga.

Neste texto, o eu lírico satiriza um cavaleiro doente que tem o hábito da calúnia e da maledicência, e que precisa tomar "lorbaga" pra curar-se.

5. **astroso: desgraçado, infeliz.**
6. **nojoso: aborrecido.**

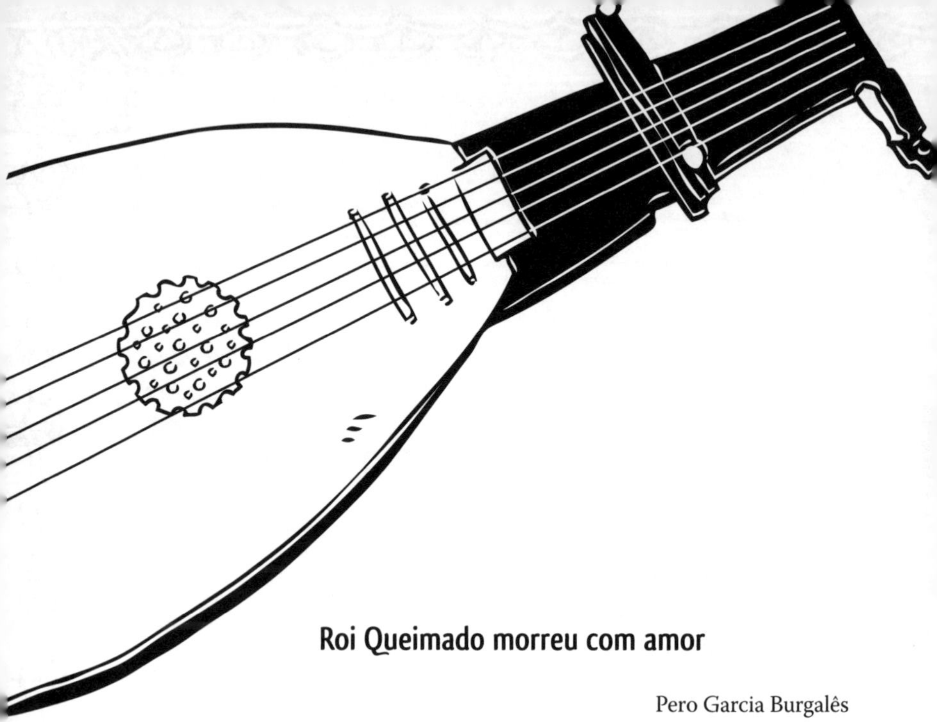

Roi Queimado morreu com amor

Pero Garcia Burgalês

Roi Queimado morreu com amor
em seus cantares, par Santa Maria,
por ũa dona que gram bem queria;
e por se meter por mais trobador,
porque lh'ela nom quis[o] bem fazer,
feze-s'el em seus cantares morrer;
mais ressurgiu[1] depois ao tercer[2] dia.

1. ressurgiu: ressuscitou.

2. tercer: terceiro.

Esto fez el por ũa sa senhor
que quer gram bem; e mais vos en[3] diria:
porque cuida que faz i maestria[4],
enos cantares que fez há sabor[5]
de morrer i e des i d'ar viver[6].
Esto faz el, que x'o pode fazer,
mais outr'homem per rem[7] non'o faria.

3. **en: disso.**
4. **maestria: mestria (*neste caso, refere-se a cantigas sem refrão, as mais reputadas entre os trovadores*).**
5. **sabor: gosto, prazer.**
6. **morrer i e des i d'ar viver: morrer aí e depois voltar a viver.**
7. **per rem: por nada, de jeito nenhum.**

E nom há já de sa morte pavor,
senom sa morte mais la temeria,
mais sabe bem, per sa sabedoria,
que viverá, des quando morto for;
e faz-[s'] em seu cantar morte prender[8],
des i ar vive: vedes que poder
que lhi Deus deu – mais quen'o cuidaria!

E se mi Deus a mi desse poder
qual hoj'el há, pois[9] morrer, de viver,
jamais [eu] morte nunca temeria.

Voltada à desvalorização dos dotes poéticos do trovador Rui Queimado, esta cantiga é uma das mais famosas paródias que retomam o clichê da morte de amor.

8. morte prender: morrer.

9. pois: depois.

Nostro Senhor, que bem alberguei

Pero Garcia Burgalês

Nostro Senhor, que bem alberguei
quand'a Lagares cheguei, noutro dia,
per ũa chúvia grande que fazia!
Ca proug'a Deus[1] e o juiz achei,
Martim Fernándiz, e disse-mi assi:
– Pam e vinh'e carne vendem ali
em Sam Paaio – contra u[2] eu ia.

Em coita[3] fora qual vos eu direi:
se nom achass'o juiz que faria?
Ca eu nẽum dĩeiro[4] nom tragia;
mais proug'a Deus que o juiz achei:
Martim Fernandes saíu a mim
e mostrou-m'[um] albergue cabo[5] si,
em que compr[ar] quanto mester havia[6].

1. **Ca proug'a Deus: pois agradou a Deus.**
2. **contra u: para onde.**
3. **coita: aflição.**
4. **dĩeiro: moeda de pequeno valor.**
5. **cabo: junto a.**
6. **mester havia: precisava, tinha necessidade.**

Se eu o juiz nom achasse, bem sei,
como alberguei, nom albergaria,
ca eu errei[7], e já m'escurecia;
mais o juiz me guariu[8], que achei:
pero que eu tardi o conhoci[9],
conhoceu-m'el, e saiu contra mi
e homilhou-xi-mi[10] e mostrou-mi a via.

A cantiga satiriza a falta de hospitalidade de um juiz, que, em vez de abrir as portas de sua casa ao eu lírico encharcado, perdido e sem dinheiro, apenas indicou-lhe um lugar onde poderia encontrar abrigo e comida.

7. **errei: me perdi (*no caminho*).**
8. **guariu: salvou.**
9. **tardi o conhoci: demorei para reconhecê-lo.**
10. **homilhou-xi-mi: fez-me uma mesura.**

Ora faz host'o senhor de Navarra

João Soares de Paiva

Esta cantiga é de maldizer e feze-a Joam Soárez de Pávia a 'l-rei Dom Sancho de Navarra porque lhi troub'host'em sa terra e nom lhi deu el-rei ende[1] dereito.

Ora faz host'o[2] senhor de Navarra,
pois em Proenç'est el-rei d'Aragom;
nom lh'ham medo de pico[3] nem de marra[4]
Tarraçona, pero[5] vezinhos som,
nem ham medo de lhis poer boçom[6]
e riir-s'-am muit'em dura edarra[7];
mais[8] se Deus traj'o[9] senhor de Monçon,
bem mi cuid'eu que a cunca[10] lhis varra.

1. **ende: disso, daí.**
2. **host'o (*hoste*): exército.**
3. **pico: lança.**
4. **marra: maça (*arma medieval*).**
5. **pero: ainda que, embora.**
6. **boçom: engenho militar para derrubar muros.**
7. **edarra: grito de guerra em língua basco-navarra.**
8. **mais: mas.**
9. **traj'o: traz o.**
10. **cunca: concha, tigela (*referência às terras do vale de Pamplona*).**

Se lh'o bom rei varrê'la escudela[11]
que de Pamplona oístes[12] nomear,
mal ficará aquest'[13]outr'em Todela,
que al[14] nom há [a] que olhos alçar:
ca verrá i o bom rei sejornar[15]
e destruir atá[16] burgo d'Estela,
e veredes Navarros lazerar[17]
e o senhor que os todos caudela[18].

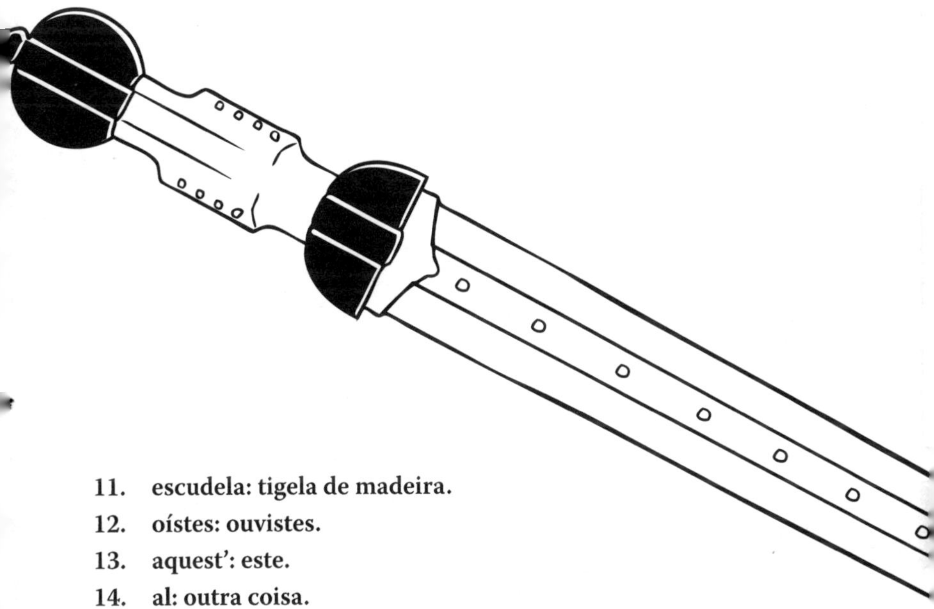

11. escudela: tigela de madeira.
12. oístes: ouvistes.
13. aquest': este.
14. al: outra coisa.
15. ca verrá i o bom rei sejornar: pois o bom rei virá aí para ficar.
16. atá: até.
17. lazerar: sofrer, penar.
18. caudela: comanda.

Quand'el-rei sal[19] de Todela, estrẽa[20]
ele sa host'e tod'o seu poder;
bem sofrem i de trabalh'e de pẽa[21],
ca vam a furt'e tornam-s'em correr[22];
guarda-s'el-rei[23], com'é de bom saber,
que o nom filhe luz[24] em terra alhẽa,
e onde sal, i s'ar torn'a jazer[25]
ao jantar[26] ou se nom aa cẽa[27].

Esta cantiga remete às lutas travadas entre o rei D. Sancho VII de Navarra e os reis de Aragão e de Castela, depois da derrota de Alarcos em 1195.

19. sal: sai.
20. estrẽa: ostenta, faz alarde de.
21. pẽa: pena, tormento, dificuldade.
22. ca vam a furt'e tornam-s'em correr: pois partem às escondidas e regressam a toda velocidade.
23. guarda-s'el rei: o rei acautela-se.
24. filhe luz: apanhe luz (do dia).
25. onde sal, i s'ar torn'a jazer: quando sai, retorna (logo).
26. jantar: refeição do meio-dia.
27. cẽa: refeição da noite.

BAGAGEM DE INFORMAÇÕES

momento histórico

A fé cristã e as relações entre nobres e súditos marcaram a Idade Média. Produto cultural desse período, as cantigas trovadorescas apresentam essas relações pelo viés do amor cortês, no qual fidelidade e submissão eram consideradas virtudes fundamentais.

A tradição trovadoresca esteve na aurora do Estado nacional português, originado a partir da Reconquista Cristã, quando os Cruzados, guerreiros cristãos, retomaram terras dominadas pelos muçulmanos na península Ibérica.

O sucesso da Reconquista Cristã só foi possível graças ao apoio e aos feitos de Henrique de Borgonha, que, como recompensa, recebeu do rei Afonso VI a mão de sua filha e o Condado Portucalense. Esse território tornou-se independente de Castela em 1139, sob comando do filho de Henrique, o rei Afonso Henriques. Assim, foi fundada a primeira dinastia portuguesa.

Os conflitos que eclodiram entre os séculos XII e XIV consolidaram a independência de Portugal, transformando o reino e traçando suas características institucionais, territoriais e culturais. Essa consolidação nacional foi palco para o desenvolvimento da cultura e para a criação de diversas cantigas trovadorescas, que, impulsionadas pelo apoio da nobreza, tornaram-se muito populares.

1100

A Ordem dos Cavaleiros Templários foi fundada no lugar do Templo de Salomão, em Jerusalém, no ano de 1119, com a missão de proteger os peregrinos cristãos.

1200

Depois da Carta Magna, elaborada por um conselho de nobres e clérigos em 1215, a monarquia na Inglaterra perdeu força. O documento limitava o poder real inglês e garantia defesa jurídica aos súditos.

1300

Na década de 1330, em busca de territórios e poder, França e Inglaterra deflagaram um dos conflitos mais longos da história. Conhecido como Guerra dos Cem Anos, esse embate teve impacto na formação territorial e política dos dois países.

1400

Enquanto a Europa vivia o feudalismo, Portugal se lançou ao mar e conquistou a cidade de Ceuta em 1415, controlando assim a entrada do mar Mediterrâneo.

BAGAGEM DE INFORMAÇÕES

momento literário

Considerado o primeiro movimento literário português, o Trovadorismo surgiu na península Ibérica no século XII e teve seu fim no século XIV, após a morte de D. Dinis (sexto rei português). Depois de sofrer uma retração, o movimento ganhou força novamente um século depois, época em que o Humanismo se mostrava nascente.

Exclusivamente poéticas, as composições líricas desse período são denominadas cantigas, pois são baseadas na musicalidade: eram entoadas com o acompanhamento de instrumentos musicais como alaúdes, violas, flautas, pandeiros etc.

As cantigas trovadorescas são comumente classificadas em duas espécies: lírico-amorosas, expressas na forma de cantigas de amigo e de amor; e satíricas, expressas na forma de cantigas de escárnio e de maldizer.

Apesar de extremamente populares, dadas as circunstâncias sociais e culturais da época, a maioria dessas cantigas se perdeu. O mais antigo registro literário de que se tem notícia é a "Cantiga da ribeirinha", também conhecida como "Cantiga da guarvaia".

TROVADORISMO

HUMANISMO

CLASSICISMO

BARROCO

ARCADISMO

ROMANTISMO

REALISMO

NATURALISMO

PARNASIANISMO

SIMBOLISMO

PRÉ-MODERNISMO

MODERNISMO

Nas cantigas de amor, geralmente há uma declaração amorosa do trovador, que coloca em foco a diferença social entre os amantes e a latência de seu sentimento.

Usando a voz de um eu lírico feminino, nas cantigas de amigo o trovador canta uma confissão amorosa. A presença de figuras como a mãe, as amigas e alguns elementos da natureza, como pássaros, fontes e árvores, é recorrente. Muitas dessas cantigas são anônimas.

De acordo com *A Arte de Trovar*, as cantigas de escárnio seriam uma sátira indireta, ou seja, realizada por meio do sarcasmo e com uma linguagem extremamente ambígua. As cantigas de maldizer, por sua vez, encenariam uma sátira direta, agressiva e objetiva.